Bian

Extraños en el altar
Maisey Yates

Harlequin

Editado por HARLEQUIN IBÉRICA, S.A.
Núñez de Balboa, 56
28001 Madrid

I.S.B.N.: 978-84-9000-861-4
Depósito legal: B-32057-2011
Editor responsable: Luis Pugni
Preimpresión y fotomecánica: M.T. Color & Diseño, S.L.
C/ Colquide, 6 portal 2 - 3º H. 28230 Las Rozas (Madrid)
Impresión en Black print CPI (Barcelona)
Fecha impresion para Argentina: 7.5.12
Distribuidor exclusivo para España: LOGISTA
Distribuidor para México: CODIPLYRSA
Distribuidores para Argentina: interior, BERTRAN, S.A.C. Vélez
Sársfield, 1950. Cap. Fed./ Buenos Aires y Gran Buenos Aires,
VACCARO SÁNCHEZ y Cía, S.A.
Distribuidor para Chile: DISTRIBUIDORA ALFA, S.A.

Capítulo 1

AQUEL hombre no era del servicio de habitaciones, de eso no había duda alguna. La princesa Isabella Rossi miró al desconocido alto e imponente que estaba en la puerta de la habitación. Un traje negro a medida realzaba su poderosa figura, pero su impecable atuendo era el único vestigio civilizado que ofrecía su persona. Su expresión era inescrutable, con unos ojos oscuros e impenetrables, unos labios firmemente cerrados, una mandíbula recia y apretada y una tensión que se reflejaba en su rígida postura. Profundas cicatrices marcaban la piel visible de las mejillas y las muñecas.

Isabella tragó saliva e intentó adoptar un tono firme.

—A menos que me traiga la cena, me temo que no puedo permitirle pasar.

Él descruzó los brazos y sostuvo las manos en alto, como para demostrarle que estaban vacías.

—Lo siento.

—Estoy esperando al servicio de habitaciones.

El hombre le dio un golpecito a la puerta con la mano abierta.

—Las mirillas se instalan en las puertas con una buena razón. Conviene mirar siempre antes de abrir.

—Gracias. Lo tendré en cuenta —se dispuso a cerrar la puerta, pero él se lo impidió con el hombro. Isabella ejerció un poco más de fuerza, sin conseguir que la puerta ni el hombre se movieran lo más mínimo.

–Les ha causado graves problemas a unas cuantas personas, incluido su personal de seguridad, que se han quedado sin trabajo.

A Isabella se le cayó el alma a los pies. Aquel hombre sabía quién era. Sintió cierto alivio al saber que su intención no era hacerle daño, pero aun así... Estaba allí para llevarla de vuelta, ya fuera a Umarah o a Turan, y Isabella no quería regresar a ninguno de los dos países. No después de haber saboreado la libertad por una sola noche y haber atisbado ese mundo hasta entonces desconocido.

–¿Trabaja para mi padre?

–No.

–Entonces trabaja para Hassan –debería haberlo imaginado desde el principio. El acento de aquel hombre sugería que el árabe debía de ser su lengua nativa. Seguramente estaba confabulado con su prometido.

–Ha incumplido un trato, *amira*. Y debería saber que el jeque no puede tolerar tal cosa.

–Sabía que no le haría mucha gracia, pero...

–Ha cometido una estupidez, Isabella. Sus padres temieron que hubiese sido secuestrada.

El sentimiento de culpa que llevaba reprimiendo durante veinticuatro horas se desató dolorosamente en su estómago. Pero al mismo tiempo sintió una extraña emoción al mirar los insondables ojos de aquel hombre. Rápidamente bajó la mirada.

–No quería asustar a nadie.

–¿Y qué creía que pasaría cuando advirtieran su desaparición? ¿Que todo el mundo seguiría con sus vidas como si nada hubiera pasado? ¿No se le ocurrió pensar que sus padres se llevarían un susto de muerte?

Ella sacudió la cabeza en silencio. Sabía que su familia se enfadaría mucho por su desaparición, pero no que se preocuparan realmente por ella. El mayor temor de sus padres sería que el jeque se echara para atrás en el trato si descubría que Isabella se estaba corrompiendo por ahí fuera.

—No... no imaginé que se preocuparían por mí.

El hombre desvió la mirada hacia el pasillo, donde una joven pareja se besaba apasionadamente unas puertas más allá.

—No voy a continuar esta discusión en el pasillo.

Ella miró también a la pareja y sintió cómo le ardían las mejillas.

—¡Pero no puedo dejarlo entrar!

Él miró por encima de ella a la habitación.

—¿Qué es, una pocilga o algo así?

—Claro que no. Es un hotel decente.

—El personal del hotel la habrá reconocido y se habrá extrañado de verla aquí.

Ella asintió en silencio.

—Voy a entrar con su permiso o sin él. Una cosa que tendrá que aprender sobre mí, princesa, es que no acato órdenes de nadie.

—Faltan dos meses y diez días para la boda —dijo ella en tono desesperado—. Necesito este tiempo para... para...

—Eso debería haberlo pensado antes de huir.

—Yo no hui. No soy una chica mala ni rebelde.

—¿Entonces qué es? —volvió a mirar a la pareja, cuyas actividades amatorias habían subido de intensidad en el último minuto—. Estoy esperando, y se me está agotando la paciencia.

Isabella supo por el brillo de determinación de sus ojos que entraría por la fuerza si ella no le permitía el acceso. Y la tensión que irradiaban sus músculos le advirtió que sólo estaba a unos escasos segundos de hacerlo.

Un gemido orgásmico llegó de la pareja e Isabella dio un respingo hacia atrás, soltando la puerta.

–Sabia decisión –dijo él, entrando en la pequeña habitación.

Permaneció erguido y rígido con el rostro inescrutable. Isabella se dio cuenta de que era un hombre muy atractivo. Se había quedado tan sobrecogida por la energía que irradiaba que no había tenido tiempo de apreciar su aspecto.

Sus labios eran carnosos y bien definidos, a pesar de la pequeña cicatriz que discurría por la comisura de la boca. Tenía los ojos más negros que Isabella había visto en su vida, tan penetrantes que parecían mirar a través de ella. Era el tipo de hombre que despertaba una reacción visceral a la que era imposible resistirse, ignorar e incluso comprender.

–No era mi intención dejarlo pasar –arguyó, confiando en dar una imagen cuanto menos autoritaria. Era una princesa y tenía que mostrarse altiva e imperiosa–. Me he asustado, eso es todo.

–Ya le dije que iba a entrar con o sin su permiso.

Isabella carraspeó incómodamente y apartó la mirada. Todo parecía ralentizarse a su alrededor. Incluso el aire parecía cargado. Aquel hombre era tan... Era una fuerza arrolladora e incontenible.

–Sí, bueno... ¿Y ahora que ya ha entrado, qué?

–Ahora nos iremos los dos.

Ella dio un paso hacia atrás.

–No voy a ir a ninguna parte con usted.

Él arqueó una de sus negras cejas.

–¿Está segura?

–¿Piensa sacarme a rastras?

–Si es necesario...

La idea de que aquel desconocido la tocara era tan turbadora que Isabella dio otro paso atrás.

–No creo que fuera capaz de hacerlo.

–No se confunda, princesa. Claro que sería capaz de

hacerlo. Usted tiene un acuerdo vinculante con su alteza el jeque de Umarah y yo tengo la misión de llevarla con él. Eso significa que va a venir conmigo de un modo u otro, aunque sea gritando y pataleando por las calles de París.

Isabella se puso muy rígida e intentó ocultar los nervios.

—Sigo creyendo que no sería capaz de hacerlo.

Él le clavó la intensa mirada de sus ojos negros.

—Siga provocándome y usted misma comprobará lo que soy capaz de hacer.

La recorrió lentamente con la mirada, observando sus curvas. El brillo de sus ojos en la penumbra la hizo sentirse inquietantemente vulnerable, como si estuviera desnuda.

El corazón se le aceleró y la sangre empezó a hervirle en las venas, algo que nunca le ocurría. Sus latidos eran tan fuertes que estaba segura de que él podía oírlos. Respiró hondo para intentar calmarse y apartó la mirada mientras intentaba aferrarse a los restos de cordura que aún pudieran quedarle. Entonces posó la mirada en la cama y pensó automáticamente en los amantes del pasillo. Las palpitaciones se hicieron más fuertes y sintió cómo un rubor ardiente le cubría las mejillas.

«¡Concéntrate!».

Tenía que conservar la cabeza fría y averiguar la manera de librarse de aquel hombre para seguir disfrutando de la vida antes de sacrificarse en nombre del deber. El diamante que llevaba en el dedo, entregado por correo seis meses antes, le recordaba constantemente que el tiempo corría en su contra. Y aquel hombre que había ido a buscarla estaba acabando con su única esperanza de libertad.

Había pedido que le permitieran vivir su propia vida

durante dos cortos meses, nada más, pero el rechazo de su padre fue tan rotundo, incluso desdeñoso, que a Isabella no le quedó más remedio que actuar por su cuenta. Por eso no podía volver todavía a casa. No cuando estaba tan cerca de alcanzar su ansiado objetivo.

Tenía que haber algún modo de ganarse a aquel hombre para su causa, pero no se le ocurría ninguno. No sabía prácticamente nada sobre los hombres, aunque sí había visto a su cuñada apaciguando a su hermano mayor, Max, algo que nadie más podía hacer.

Por desgracia, aquel hombre no parecía tener la menor sensibilidad.

Pero tenía que hacer algo, de modo que tomó aire y dio un paso adelante para ponerle una mano en el brazo. Sus miradas se encontraron y una descarga de sensaciones se desató en su estómago. Retrocedió rápidamente, sintiendo el calor de su piel en la punta de los dedos.

—Todavía no estoy lista para regresar. Aún quedan dos meses para la boda y quiero aprovechar este tiempo para... para mí.

Adham al bin Sudar intentó sofocar la irritación. Aquella joven intentaba seducirlo para salirse con la suya. El suave roce en la manga no había sido un acto inocente, sino un movimiento calculado para avivar las bajas pasiones. ¿Y qué hombre podría resistirse a una mujer como Isabella Rossi?

Volvió a pensar que su hermano era un hombre con suerte al tenerla como futura novia. Aunque Adham se habría conformado con tenerla como amante temporal, más que como esposa.

Era una mujer realmente hermosa, con exuberantes curvas y un rostro perfecto de incuestionable belleza. Sus pómulos marcados, su nariz respingona y sus labios exquisitamente definidos la convertirían en el centro de todas las miradas en cualquier lugar del mundo. Ni siquiera le hacía falta maquillarse para rivalizar con las modelos más famosas.

En realidad no tenía la elegancia estilizada de una supermodelo, pero Adham siempre había preferido una belleza más voluptuosa y natural. E Isabella Rossi no carecía en absoluto de esas dos cualidades. Adham bajó la mirada y la detuvo en aquellos pechos generosos y tentadores que harían perder la cabeza a cualquier hombre.

Sintió asco de sí mismo al darse cuenta de lo que estaba haciendo. Aquella mujer era la prometida de su hermano. Ni siquiera le estaba permitido mirarla. Y mucho menos desearla.

Su hermano le había pedido, suplicado, que la llevara de vuelta para la boda y evitar así que su honor se viera comprometido. Y eso era lo que iba a hacer, llevarla de vuelta, aunque empezaba a dudar de que una chiquilla mimada y egoísta sin el menor sentido del deber pudiera ser una princesa adecuada para su país. Pero Isabella Rossi representaba la alianza comercial y militar con un país entero, y eso la convertía en una novia esencial e irreemplazable.

–Irse por su cuenta fue una auténtica estupidez –le espetó, valiéndose de toda su fuerza de voluntad para sofocar el deseo que crecía en su interior–. Le podría haber pasado cualquier cosa.

–No corría ningún peligro –se defendió ella–. Y seguiré estando a salvo si...

–Lo único que va a hacer es venir conmigo, *amira*. ¿De verdad piensa que la dejaría en paz sólo porque me lo pida con una bonita sonrisa?

Los labios de la princesa se entreabrieron en una mueca.

–Tenía... tenía la esperanza de que...

–¿De que no tendría que cumplir su palabra? Si el

pueblo de Umarah descubriera que la novia del jeque
lo ha abandonado, su honor se vería gravemente comprometido y con él la alianza. ¿Tiene idea de cuántos
trabajos y beneficios se perderían para nuestros respectivos pueblos?

Ella se mordió el labio y un destello apareció en sus
ojos azules. Un agradecido arrebato de disgusto reem-
plazó la repentina atracción física que lo había invadido
nada más verla. No tenía paciencia para tratar con mujeres sentimentales, y tenía el presentimiento de que
Isabella intentaba hacerle un chantaje emocional. Muy
pronto descubriría que las lágrimas no servían con él.

—No iba a rehuir la boda. Solo quería un poco de
tiempo.

Adham se fijó en la manera en que giraba el anillo
de diamante alrededor de su esbelto dedo. Era la alianza
que le había enviado Hassan. Tal vez estuviera diciendo la verdad.

—Me temo que ese tiempo se ha acabado.

La expresión de sus ojos habría conmovido a la mayoría de la gente, pero Adham no sintió nada. Nada
salvo un profundo desprecio. Había visto demasiadas
cosas como para que lo afectaran las lágrimas de una
pobre niña rica que no quería casarse con un poderoso
miembro de la realeza.

—Todavía no he estado en la torre Eiffel —dijo ella
en voz baja.

—¿Qué?

—Todavía no he estado en la torre Eiffel. Vine en
tren desde Italia... He llegado esta tarde y no iba a salir
sola por la noche. No he visto nada de París.

—¿Nunca ha visto la torre Eiffel?

Las mejillas ligeramente bronceadas de Isabella se
cubrieron de un intenso rubor.

—La he visto desde lejos, pero no es lo mismo.

–Esto no son unas vacaciones, y yo no soy su guía turístico. Voy a llevarla de vuelta a Umarah inmediatamente.

–Por favor... déjeme ir a la torre Eiffel.

No le estaba pidiendo gran cosa, y Adham no era un hombre cruel aunque no se dejara conmover por su situación. Si accedía a aquel pequeño ruego, sería mucho más fácil sacarla del hotel que si tuviera que hacerlo en contra de su voluntad. Adham estaba dispuesto a sacarla por la fuerza si fuera necesario, pero preferiría no tener que hacerlo.

–Le doy mi palabra de que mañana por la mañana le permitiré visitar la torre Eiffel de camino al aeropuerto. Pero ahora tendrá que venir conmigo, sin gritos ni patadas.

–¿Y mantendrá su palabra?

–Otra cosa que debe saber de mí, princesa, es que, aunque no soy una compañía muy agradable, siempre cumplo con mi palabra. Es una cuestión de honor.

–¿Tan importante es el honor para usted?

–Es lo único que nadie puede arrebatarle.

–Lo tomaré como un sí –dijo ella–. ¿Y si no voy con usted...?

–Va a venir conmigo. Los gritos y patadas son opcionales... como los paseos turísticos.

–Parece que mis opciones son limitadas –murmuró ella, mordiéndose de nuevo el labio.

–Sólo tiene una opción. La forma de llevarla a cabo, sin embargo, depende de usted.

Ella parpadeó unas cuantas veces y apartó la mirada, como si no quisiera mostrarle su desesperación, aunque Adham sospechaba que en realidad eso era exactamente lo que quería.

–Tengo que hacer las maletas... Acabo de sacar todas mis cosas –no hizo ademán de ponerse manos a la obra, sino que permaneció donde estaba, ofreciendo una imagen muy triste y muy joven.

–No voy a hacerlo yo por usted –dijo él con sarcasmo.

Los ojos de la princesa se abrieron como platos y sus mejillas volvieron a ruborizarse.

–Lo siento. Como trabaja para el jeque Hassan pensé que...

–¿Que era un criado?

Ella murmuró algo que muy bien podría ser una maldición en italiano y fue hacia el armario.

–No sé cómo piensa sobrevivir en el mundo real si espera que los demás se lo den todo hecho, princesa.

–No vuelva a llamarme eso –dijo ella sin volverse, con los hombros y la espalda muy rígidos.

–Es lo que es usted, Isabella.

Una seca carcajada escapó de sus labios.

–¿Quién sabe quién soy? Yo no.

Adham dejó pasar el comentario. Su trabajo no era psicoanalizar a la futura mujer de su hermano, sino llevarla de vuelta sana y salva. Y eso iba a hacer lo más pronto posible, porque tenía otros asuntos urgentes que atender. Su equipo de geoquímicos se afanaba por abrir nuevos pozos de petróleo en mitad del desierto de Umarah, y aunque siempre contrataba a los mejores, a Adham le gustaba estar presente en las operaciones importantes por si surgía algún problema.

Pero mejorar la creciente economía de Umarah era sólo la mitad de su trabajo. La otra mitad, y mucho más importante, era proteger a su hermano y a su gente. Por su hermano daría la vida sin dudarlo. Por eso, cuando Hassan le comunicó que su prometida había desaparecido, Adham le aseguró que no se detendría hasta encontrarla.

Una promesa de la que empezaba a arrepentirse...

Isabella se giró para encararlo con un montón de corpa en los brazos.

–Podría ayudarme, al menos.

Él negó ligeramente con la cabeza y vio cómo empezaba a doblar torpemente la ropa y a meterla en la bolsa. Tras meter tres o cuatro prendas pareció desarrollar una especie de método, aunque no muy ortodoxo.

–¿Quién le preparó la maleta?

Ella se encogió de hombros.

–Una de las criadas de mi hermano. Se suponía que iba a marcharme de su casa esta mañana, pero me fui unas horas antes.

–¿Y se dirigió a un paradero desconocido?

Ella entornó los ojos y frunció los labios.

–¿Cómo ha dicho que se llamaba?

–Según el informe que he leído, es usted una mujer muy inteligente. Creo que sabe perfectamente que no le he dicho mi nombre.

La delicada frente de la princesa se llenó de arrugas.

–Creo que, teniendo en cuenta que usted lo sabe todo de mí, sería justo que yo al menos supiera su nombre.

–Adham –respondió él. No dijo su apellido para no revelar su parentesco con Hassan.

–Encantada de conocerlo –dijo ella mientras doblaba una blusa de seda y la metía en el fondo de una maleta rosa–. No, en realidad no estoy encantada. No sé por qué lo he dicho. Supongo que será la fuerza de la costumbre y los buenos modales que me han... inculcado –acompañó sus palabras con un suspiro de frustración.

–¿Le molesta?

–Sí –admitió ella con convicción–. Me molesta –respiró hondo–. No estoy encantada de conocerlo, Adham. Me gustaría que se marchara.

–No siempre se consigue lo que se quiere.

–Algunos no lo conseguimos nunca.

–Podrá ir a la torre Eiffel. Eso debería bastarle.

Capítulo 2

EL ÁTICO de Adham en París no era lo que Isabella se había esperado de un hombre que trabajaba para el jeque Hassan. Resultaba evidente que tenía mucho dinero y clase social. Seguramente pertenecía también a la realeza, por lo que no era de extrañar que la hubiese mirado como si estuviera loca cuando le pidió que le hiciera la maleta.

Isabella se moría de vergüenza al recordarlo. No tenía intención de ser grosera, pero estaba acostumbrada a que le brindaran todas las facilidades imaginables y eso le había permitido dedicar su tiempo al estudio, la lectura y otras habilidades que sus padres estimaban necesarias para una joven de su estatus social. Ninguna de esas habilidades incluía doblar su propia ropa ni ningún otro tipo de labor doméstica.

Siempre se había considerado una persona inteligente, y todos sus profesores y calificaciones habían reforzado esa creencia. Pero el descubrimiento de aquella laguna en su formación como persona la hacía sentirse... como si no supiera nada que mereciera la pena saber. ¿A quién le importaba que conociera la profundidad del Támesis si no sabía ni doblar sus vestidos?

El ático no le ofrecía más pistas del hombre que, en el fondo, era como su secuestrador. A menos que fuera tan austero e impersonal como la decoración. Frío como el acero, duro como el granito y como el desierto de su país natal.

Paseó la mirada por la habitación en busca de alguna marca personal. No había fotos de familia y los cuadros que colgaban de las paredes eran del tipo de arte moderno que podría encontrarse en una habitación de hotel. No había ningún toque de personalidad, ninguna pista de sus gustos o aficiones.

–¿Tienes hambre? –le preguntó él sin ni siquiera mirarla.

–¿Puedo tomar algo que no sea pan y agua?

–¿Crees que eres mi prisionera, Isabella?

Ella tragó saliva para intentar deshacer el nudo de la garganta.

–¿No lo soy?

¿Acaso no era la prisionera de todo el mundo? Una marioneta creada por sus padres para responder a quienquiera que tirase de los hilos.

–Eso depende de cómo lo mires. Si intentas salir por la puerta, no te lo permitiré. Pero si no intentas volver a escapar, podemos convivir amigablemente.

–¿Y eso no me convierte en una prisionera?

Sus palabras no parecieron alterarlo lo más mínimo. Era como si se dedicara a tomar rehenes todos los días de la semana. El único cambio que experimentó su expresión fue la compresión de sus labios. La cicatriz que discurría por el labio superior palideció ligeramente al estirarse la piel, lo que reforzó aún más la imagen de fiero guerrero que ella se había creado.

–Prisionera o no, me pregunto si te apetecería cenar algo. Creo que te saqué del hotel sin darte oportunidad a comer nada.

A Isabella le rugió el estómago, recordándole el hambre que tenía desde hacía varias horas.

–Sí, me gustaría cenar algo.

–Hay un restaurante cerca de aquí al que siempre encargo comida. ¿Te parece bien?

–Yo... –«ahora o nunca»–. La verdad es que me gustaría tomar una hamburguesa.

Él la miró con las cejas arqueadas.

–Una hamburguesa.

–Nunca he tomado ninguna. Y también me gustarían unas patatas fritas, o como se llamen. Y un refresco.

–No parece gran cosa para una última comida. Creo que podré complacer a mi prisionera –a Isabella le pareció detectar un atisbo de humor en su voz, pero no era probable.

Adham sacó el móvil del bolsillo, marcó un número y se puso a hablar en un francés impecable.

–¿Hablas francés?

–Me resulta útil, teniendo una casa en París.

–¿Italiano? –se acercó a un elegante sofá negro que parecía tan suave como si estuviera hecho de mármol y se sentó en el borde.

–Sólo un poco. Hablo árabe, francés, inglés y chino mandarín.

–¿Mandarín?

Los labios de Adham se curvaron ligeramente hacia arriba mientras se sentaba en un sillón frente a ella.

–Es una larga historia.

–Yo hablo italiano, latín, francés, árabe y, naturalmente, inglés.

–Parece que has estudiado mucho.

–He tenido tiempo de sobra para ello –los libros habían sido su compañía constante, ya fuera en casa o en los años que pasó en un internado de Suiza. La imaginación había sido el único desahogo de todas las expectativas que ponían sus padres en ella.

Pero últimamente necesitaba algo más que fantasías para ser libre. Necesitaba una escapada. Una realidad ajena a la vida que había llevado tras los muros de palacios, especialmente si su futuro iba a estar confinado entre más muros, aislada para siempre del resto del mundo.

Se estremeció sólo de pensarlo.

–Está muy bien saber esos idiomas cuando te mueves en los círculos de mi familia. He podido practicar mucho con embajadores y líderes mundiales.

Durante sus frecuentes viajes a Italia siempre se reunían con políticos y millonarios famosos. Siempre la misma clase de personalidades, el mismo tipo de conversación... Todo controlado y supervisado hasta el último detalle.

Isabella apretó los puños.

–¿Y tú, qué uso les has dado a tus habilidades lingüísticas?

«Seducir a mujeres por todo el mundo, seguramente».

–Para mí ha sido básicamente una cuestión de supervivencia. En mi trabajo, comprender lo que dice el enemigo puede suponer la diferencia entre la vida y la muerte.

Un escalofrío recorrió a Isabella.

–¿Te ha pasado?

Él la miró con dureza, dándole a entender que no disfrutaba mucho con aquella conversación.

–Sí. Soy miembro de las Fuerzas Armadas de mi país. Mi trabajo es proteger a mi rey, como ahora es protegerte a ti.

La inquebrantable lealtad que transmitían sus palabras sobrecogió a Isabella. No sabía si había algo en el mundo por lo que ella sintiera una pasión semejante. Toda su vida se había regido por unas reglas por las que no sentía un apego especial. Simplemente las seguía y punto.

–¿Por eso estás aquí? ¿Para protegerme?

–El jeque confía en mí. No enviaría a cualquiera en busca de su novia. Estaba muy preocupado por tu seguridad, y es mi misión protegerte y llevarte de vuelta con él.

–¿Por qué todo el mundo piensa que no puedo ir de una habitación a otra si no es de la mano de alguien?

–Porque tu forma de proceder hace que no se pueda pensar otra cosa.

–No es justo –protestó ella–. Nunca he tenido la oportunidad de tomar mis propias decisiones. Todo el mundo da por hecho que soy incapaz y ya está.

–Si te empeñas en escapar de tu deber, es normal que piensen así.

–Yo no escapo de mi deber. Entiendo qué es lo que se espera de mí y por qué. Pero hace unas semanas descubrí algo. Nunca he estado sola. Siempre he tenido a un guardaespaldas siguiéndome de cerca, a una carabina asegurándose de que no me saliera del camino trazado, a una modista diciéndome la ropa que debía ponerme, a un profesor diciéndome las cosas que debía pensar... Todo encaminado a un futuro diseñado de antemano sobre el que yo no tengo el menor poder de decisión –una mano invisible le atenazaba la garganta–. Sólo quería tiempo. Tiempo para averiguar quién soy.

El zumbido de un timbre anunció la llegada de la comida. Adham se levantó y fue hacia la puerta, marcó el código de seguridad y unos minutos después volvió con dos bolsas.

Isabella intentó recuperar algo del optimismo que la había embargado al subirse al tren en Italia. Sólo tenía aquella noche para ser libre, más algunas horas a la mañana siguiente. Ya tendría tiempo de sobra para llorar. Y sin duda que derramaría lágrimas en abundancia. Pero en aquel momento iba a disfrutar con la cena que había elegido ella misma y no el dietista de palacio.

Adham dejó las bolsas en una mesita de cristal y las abrió. A Isabella se le hizo la boca agua al percibir el exquisito olor que impregnó el aire, pero se olvidó de todo lo demás al observar las manos de Adham sacando la comida. Eran manos grandes y fuertes, cubiertas de profundas cicatrices.

¿Quién era aquel hombre y qué había hecho para tener tantas marcas? Le había dicho que había vivido situaciones de riesgo extremo, y aunque era obvio que él había sobrevivido no estaba tan claro lo que les había pasado a sus rivales. Una vez más volvió a preguntarse si debería tenerle miedo. Y una vez más se dijo que no. Sabía que con él estaba a salvo, aunque estuviera tan nerviosa como si hubiera tomado unos cuantos expresos... uno de los pocos vicios que sus padres le permitían.

De lo que estaba completamente segura era de que quería librarse de él. Nadie había vigilado a su hermano cuando se fue a recorrer mundo por su cuenta y riesgo, pues nadie dudaba de que regresaría para cumplir con su deber. Ella también cumpliría con el suyo: siempre había sabido que no se casaría por amor, incluso antes de que Hassan la eligiera. Pero no por ello estaba dispuesta a aceptar pasarse toda su vida encerrada bajo llave. Lo único que pedía eran unas pocas semanas de libertad. Una pequeña concesión, tan sólo, antes de acatar un futuro de enclaustramiento y servidumbre.

Le dio el primer bocado a su hamburguesa y cerró los ojos con un suspiro de placer absoluto. Era mucho mejor de lo que había imaginado. Era como paladear el exquisito sabor de la libertad. Masticó muy despacio, saboreando la experiencia y todo lo que para ella representaba.

Adham se había referido a aquella cena como su «última comida». Estaba bromeando, pero para ella era tristemente cierto. Era su primera y última noche de independencia. Salvo por un pequeño detalle... y era la presencia de Adham.

Parpadeó con fuerza para contener las lágrimas y tomó otro bocado, acompañado de otro suspiro de deleite. Un bocado de libertad era lo único que tendría antes de casarse con un hombre al que ni siquiera conocía. Un hombre al que no amaba ni por el que sentía una atracción especial. Estaba preparada para afrontar su destino; llevaba preparándose toda su vida para sacrificarse en pos de su patria. Pero antes quería un poco de libertad. No creía que fuera pedir demasiado, pero al parecer sí que lo era.

La hamburguesa se le hizo de repente muy seca y pesada.

–¿Isabella?

Levantó la mirada y se encontró con los ojos de Adham. Una vez más tuvo la inquietante sensación de que podía ver a través de ella y leer sus pensamientos más íntimos. Bajó rápidamente la vista y se fijó en la comida. Estaba acostumbrada a que la mirasen con respeto y admiración en virtud de su realeza, pero a aquel hombre no parecía importarle lo más mínimo cuál fuera su linaje.

–Llevas tus pensamientos escritos en la cara –dijo él.

Isabella volvió a mirarlo y vio que apretaba el puño, como si lo hubiera invadido una tensión repentina.

–Quedan dos meses para mi boda –dijo ella, intentando adoptar su expresión más frágil con la esperanza de ablandarlo. Si realmente podía leer sus emociones, se valdría de ellas para lograr su objetivo–. Dos meses y diez días. No he conseguido hacer nada de lo que me había propuesto, como ir al cine a o un restaurante. Son cosas que nunca he podido hacer, y quería... quería vivir mi propia vida antes de casarme.

Buscó en su rostro algún atisbo de compasión o empatía, pero sólo se encontró con la impenetrable mirada de sus ojos negros. Entre ellos se levantaba una muralla invisible e infranqueable.

Aun así, se atrevió a seguir. El corazón le latía cada vez más rápido.

−¿No podrías...? ¿Por qué no me dejas hacer algunas de las cosas que tenía planeadas... aunque sea contigo?

La sugerencia consiguió al menos un cambio sutil en la expresión de Adham, reflejado en una ceja ligeramente arqueada.

−No soy un canguro, *amira* −la palabra árabe para «princesa» salió de sus labios cargada de ironía.

−Ni yo soy una niña.

−He venido para llevarte con tu novio, nada más. Mañana, en cuanto hayas visto la torre Eiffel, volveremos en avión a Umarah, iremos directamente a palacio y allí te dejaré en las manos del jeque.

−Pero... −estaba sobrecogida por la dura expresión de su rostro. Le dio otro mordisco a la hamburguesa e intentó no ponerse a llorar delante de él. No quería confirmarle sus sospechas... que era una niña atolondrada que no sabía lo que era mejor para ella.

Porque, desgraciadamente, no lo sabía. ¿Cómo iba a saberlo si no tenía ni idea de quién era? No conocía sus gustos ni su propio código moral. Sólo sabía lo que le habían dicho que debía gustarle. ¿Cómo iba a vivir en un país extranjero con unas costumbres tan distintas a las que ella conocía, cómo iba a casarse con un completo desconocido, si no sabía nada de sí misma? ¿Qué quedaría de ella cuando la despojaran de todo lo que le era familiar?

Cuando cambiara su entorno y cambiaran las personas que le elegían la ropa y dirigían sus actos, perdería su identidad por completo. Por ello necesitaba descubrir lo más posible sobre ella misma.

De nuevo sintió una mano invisible apretándole la garganta. Era como si todo se cerrara en torno a ella. La habitación, las expectativas de su familia... Por eso se había escapado. Y por eso no podía quedarse.

Respiró hondo e hizo un gran esfuerzo por sonreír. Tenía muy poco tiempo para trazar un plan y no podía malgastarlo compartiendo sus pensamientos con aquel hombre.

—Estoy cansada —era cierto. Estaba tan cansada que le pesaba todo el cuerpo. Pero no podía darse el lujo de caer rendida.

—Puedes dormir en el cuarto de invitados —le dijo él, señalando una puerta al otro lado del salón.

Isabella volvió a envolver la hamburguesa a medio acabar, apenada por no haber podido disfrutarla hasta el final, y se levantó. Se dispuso a agarrar la maleta rosa, pero Adham alargó rápidamente el brazo y le puso una mano encima de la suya. Una llama instantánea prendió por todo su cuerpo.

—Yo la llevaré —dijo él, manteniendo la mano sobre la suya mientras se ponía en pie. El calor que emanaba de su piel era al mismo tiempo reconfortante y perturbador—. No por servilismo, sino por caballerosidad.

A Isabella le ardieron las mejillas y se le aceleró el pulso.

—No sabía que te consideraras un caballero.

Él la miró con sus ojos negros y ella retiró la mano, pero el calor siguió quemándole la piel.

—No lo soy. ¿No quieres llamar a tus padres y hacerles saber que no has sido secuestrada?

—No —se sentía culpable por no querer hablar con ellos, pero también furiosa. No estaba segura de poder hablar con su padre sin espetarle toda la frustración contenida. Su padre era el responsable de todo. Podría haberle concedido el tiempo que ella tanto necesitaba, pero ni siquiera se preocupaba por saber hasta qué punto era importante.

El ligero arqueo de su ceja le hizo ver a Isabella que no aprobaba su actitud. Muy bien, pues que no la aprobara. Él podía tratar con sus padres como quisiera, y ella haría lo mismo con los suyos.

Adham dejó la maleta en la puerta del cuarto de invitados, sin poner un pie en el interior.

–En ese caso los llamaré yo. Hay un baño tras esa puerta. Si necesitas algo, dímelo e intentaré conseguirlo.

Ella volvió a esbozar una sonrisa forzada.

–¿A qué hora hace su ronda el carcelero?

Él entornó amenazadoramente la mirada.

–¿Esto te parece una prisión, Isabella? ¿Te parece un castigo convertirte en la princesa de Umarah habiendo sido hasta ahora la princesa de Turan? No eres más que una cría egoísta.

Las palabras resonaron en su cabeza mientras él se daba la vuelta y se alejaba. ¿Era egoísta por querer disfrutar un poco antes de renunciar a todo por el rey y la patria? ¿Qué había de malo en querer algo que no le hubieran dado sus cuidadores? Sabía cuál era su lugar en la vida, pero no por ello tenía que gustarle. Y no iba a dejar que Adham la hiciera sentirse culpable por aprovechar el poco tiempo del que disponía.

No fue hasta después de la medianoche cuando Isabella se convenció de que Adham estaba durmiendo. La espera había sido una auténtica tortura, intentando no sucumbir al cansancio en aquella cama tan cómoda, el único mueble de todo el ático que no era duro y moderno. No había pegado ojo en las últimas veinticuatro horas, pero la emoción al escapar de la villa italiana de su hermano la había mantenido despierta en el tren y al llegar a la habitación del hotel.

Tenía que salir de allí aprovechando que Adham dormía o no volvería a tener una oportunidad. El sueño tendría que esperar.

Se levantó de la cama, enteramente vestida, y cruzó la habitación sin hacer ruido. Agarro la maleta y respiró hondo. No podía perder tiempo. Cuando antes saliera de allí, mejor.

Abrió la puerta del dormitorio y examinó el salón a oscuras. No vio a Adham ni salía ninguna luz por debajo de su puerta. Rezó una oración silenciosa antes de avanzar hasta la puerta principal, abrirla y salir. Cerró en silencio tras ella y se tomó un momento para respirar y calmar sus frenéticos latidos.

Su segundo intento de fuga en pocos días.

El pasillo le pareció interminable, y un mundo sin fronteras se abría ante ella. Tenía poco tiempo, pero lo aprovecharía para vivir el mayor número de experiencias posibles. Y tal vez encontrase la manera de satisfacer el doloroso anhelo que la carcomía por dentro.

Otras personas tenían sus vidas enteras para averiguar lo que hacer con ellas y lanzarse a un futuro desconocido y excitante. Ella sólo tenía dos meses. Su futuro acababa en la tierra de Umarah, con un título real, muchas expectativas que cumplir y un completo desconocido por marido. Pero hasta entonces, sería la dueña de su tiempo y de su vida. Ni Hassan ni Adham ni nadie iban a controlarla.

Con renovada determinación, entró en el ascensor y pulsó el botón de la planta baja. Pocos minutos después se encontraba en el bulevar, esquivando las gotas de lluvia y los charcos donde se reflejaban las farolas. A pesar de la hora había mucha gente en la calle, paseando, sentada en las mesas de los cafés, de pie bajo los toldos, hablando, riendo, besándose...

Era el mundo real. Y finalmente lo tenía a su alcance, junto a las llaves de su identidad.

Se puso a buscar un taxi. No sabía adónde la llevaría cuando encontrara uno, pero tenía una buena cantidad de dinero en metálico y eso le permitiría poner bastante tierra por medio entre ella y...

Una mano la agarró del brazo y tiró de ella hacia un callejón entre el portal y la *boulangerie*. Isabella abrió la boca para gritar, pero uno de los brazos de su agresor la apretaba como una barra de acero por el pecho y la otra mano le tapaba la boca para sofocar cualquier sonido.

Miró frenéticamente a su alrededor por si algún transeúnte la había visto, pero nadie parecía haberse dado cuenta de nada. Luchó con todas sus fuerzas, sin éxito. El cuerpo de su atacante no cedió un ápice ante las patadas, pisotones y sacudidas que levantaban el agua sucia de los charcos. Era como arremeter contra una pared de piedra.

—Tus modales dejan mucho que desear —la voz familiar de Adham la tranquilizó un poco, pero sólo por un momento.

Soltó en italiano todos los insultos que había aprendido de su hermano, ahogados por la mano de Adham.

—¿Te estarás quieta y callada si retiro la mano? —le preguntó en tono impaciente e irritado.

Ella asintió y él apartó la mano de su boca, pero siguió rodeándola con los brazos. Isabella intentó zafarse y él apretó inmediatamente los brazos, haciéndole sentir la fuerza de sus músculos. Por un momento se quedó fascinada por su tacto y por las diferencias entre sus respectivos cuerpos. Sintió cómo se le endurecían los pezones contra el sujetador y cómo se le aceleraba el pulso.

–¿Tienes idea de lo que te estás buscando? –le preguntó él.

No, no tenía ni idea. Su cuerpo pedía y anhelaba sentir aquel tacto, pero no sabía por qué. ¿Por qué quería apretarse contra sus músculos en vez de luchar contra ellos? ¿Por qué quería que sus brazos siguieran rodeándola? ¿Por qué quería abandonarse a la lánguida dulzura que la invadía?

–Estás pidiendo a gritos que te maten –gruñó él, olvidando el tema de la atracción mutua–. Cualquiera podría haberte agarrado en mi lugar. Vas caminando por ahí de noche con una maleta de diseño para que todo el mundo vea que eres una joven rica e ingenua. Podrían haberte atracado. O algo peor.

–No... no pensé en ello –sabía, lógicamente, que los índices de criminalidad en las grandes ciudades eran mucho más elevados que en la pequeña isla de la que ella procedía. Pero nunca se le había pasado por la cabeza que pudieran atacarla. Su única idea era escapar de Adham.

Él le dio la vuelta para encararla, manteniéndole los brazos sujetos a los costados.

–¿Qué piensas hacer con esa libertad que tanto anhelas, Isabella? No tienes trabajo ni sabes hacer nada. ¡Eres tan ingenua que ni siquiera deberías cruzar la calle tú sola!

La acusación le dolió, porque por mucho que odiara reconocerlo, lo que Adham decía era cierto. Nunca había tenido un trabajo ni sabía cómo conseguir uno. Nunca había vivido sola ni sabía conducir. Todo cuando sabía lo había sacado de los libros, y nunca había tenido que buscarles una utilidad práctica a sus conocimientos.

–Puedo encontrar algo que hacer –declaró.

–Con un cuerpo como el tuyo habrá muchos hombres dispuestos a ayudarte... por un precio –murmuró mientras la recorría con la mirada. Sus ojos, hasta ese momento tan herméticos e inexpresivos, despedían llamas de una pasión salvaje.

–Suéltame –tenía que apartarse de él. No por su acuciante necesidad de libertad, sino por las extrañas sensaciones que le recorrían el cuerpo.

Un hombre que pasaba junto al callejón se giró hacia ellos. La luz de la farola reveló su gesto de preocupación.

Adham llevó a Isabella hacia atrás, contra la pared de la *boulangerie*, y antes de que ella pudiera protestar la estaba besando en la boca. Su lengua intentaba abrirse camino entre los labios. Y ella los abrió.

Su mente se vació de todo salvo de las sensaciones que le provocaban el beso y las manos de Adham recorriéndole las caderas y los pechos. Se aferró a sus hombros para estabilizarse, agradecida por la pared a sus espaldas y el cuerpo de Adham delante de ella. Si no fuera por esos apoyos se habría derretido en los charcos.

De repente él se apartó, respirando agitadamente en el silencio nocturno. Isabella se tocó los labios para comprobar que estaban tan hinchados como los sentía.

–¿Qué...? –no pudo seguir hablando.

–Estamos en París –dijo él–. Aquí nadie va a interrumpir a una pareja de amantes, ni aunque estén discutiendo.

La agarró del brazo y la sacó del callejón para llevarla de nuevo hacia el portal de su edificio. Isabella bullía de rabia y de algo mucho más ardiente y peligroso. Volvió a tocarse los labios para corroborar que no había sido una alucinación.

Entraron en el edificio y Adham la metió inmediatamente en el ascensor. Isabella seguía sin poder creerse lo que había pasado. Adham la había besado como... como si tuviera derecho a tocarla. Y sólo lo había hecho para hacerla callar. ¡Su primer beso no había sido más que una distracción!

Y lo peor de todo eran las sensaciones que le había dejado. Una irrefrenable y creciente curiosidad por saber lo que sería volver a besarlo, con más tiempo y suavidad para asimilar la textura de sus labios y el ritmo de sus movimientos.

Apartó aquellos traicioneros pensamientos de su cabeza. Adham no tenía derecho a hacer algo así. Ella portaba el anillo de otro hombre, y ni en sus más alocadas fantasías había imaginado que traicionaba a su prometido. No conocía a su futuro marido y desde luego no lo amaba, pero habían firmado un acuerdo y ella no tenía la menor intención de romperlo.

La había besado para hacerla callar... Demasiado humillante para su orgullo.

—No puedo creer que hayas hecho eso —lo acusó con voz de hielo.

Él la miró. Sus ojos negros volvían a ser inescrutables, y sus labios se apretaban en una línea severa e inamovible, sin el menor rastro de pasión o humanidad. Aquel hombre era tan insensible como si estuviera hecho de piedra.

—Quiero que te quede bien clara una cosa sobre mí —le dijo—. Haré lo que tenga que hacer para cumplir con mi misión, que es llevarte de vuelta con el jeque Hassan.

No resultaba difícil creerlo. Su curtido secuestrador de ojos inexpresivos era capaz de hacer cualquier cosa para lograr sus objetivos.

O para impedir que ella lograse los suyos...

Al entrar en el ático intentó no imaginarse que estaba entrando en una celda cuando Adham cerró la puerta tras ellos.

–¿Cómo lo has sabido? Has salido inmediatamente detrás de mí.

–Me lo esperaba. Estoy acostumbrado a tratar con maestros del engaño, Isabella. Una princesa ingenua no va a ser más lista que yo. La alarma de la puerta está conectada a mi teléfono móvil, y las escaleras son más rápidas que el ascensor.

Isabella cerró los ojos e intentó no deshacerse en lágrimas de impotencia y desesperación. Aquel hombre se regía por sus propias reglas. Apelar a su bondad sería como intentar exprimir agua de una roca. Imposible. No se podía extraer lo que no había.

–Vete a la cama, Isabella –le ordenó él en tono inflexible.

Ella estuvo a punto de derrumbarse, pero no podía hacerlo delante de Adham. Asintió y se encerró en su habitación.

Adham se quedó al otro lado de la puerta. Recogió el móvil de la mesita y marcó el número de su hermano, sin importarle la hora que fuese en su país natal.

–*Salam*, hermano –saludó con voz cortante.

–*Salam* –respondió Hassan–. ¿Has encontrado a Isabella?

–He encontrado a tu caprichosa novia, sí.

–¿Está bien?

–No ha sufrido ningún daño, si te refieres a eso. Pero ha intentado escaparse otra vez.

–¿No es feliz? –su hermano parecía sinceramente preocupado.

–Es una niña mimada. No tiene ninguna razón para sentirse desgraciada.

Hassan suspiró profundamente al otro lado de la línea.

–Me apena que tenga que casarse en contra de su voluntad. Pero este matrimonio es la mejor alianza posible entre nuestros dos países.

—Entiendo los motivos de vuestra unión. Pero ella me parece demasiado infantil.

—¿No crees que pueda ser una buena esposa?

—Estaré encantado de dejarla en tus manos y que pase a ser tu problema.

Hassan se echó a reír.

—Estoy impaciente por su llegada... —guardó un breve silencio—. ¿No podrías hacer algo para alegrarla un poco? ¿Un regalo, tal vez? ¿Otro anillo que fuera más de su gusto?

—Quiere ir a la torre Eiffel.

—No parece tan difícil de complacer.

—Está convencida de que su vida ha estado vacía y quiere vivir algunas... experiencias.

Se produjo otro silencio al otro lado.

—Aún faltan dos meses para la boda, Adham. Si eso es lo que ella quiere, no veo ningún motivo para no satisfacerla... siempre que no busque sus experiencias en la cama de otro hombre.

Había algo distinto en el tono de su hermano. Una extraña desesperación que Adham nunca le había oído. Tuvo el presentimiento de que aquella sugerencia poco tenía que ver con Isabella, pero no iba a preguntárselo.

—No soy un canguro —dijo, repitiendo lo mismo que le había dicho a Isabella—. Manda a uno de tus hombres para que le eche un ojo mientras ella juega a ser una princesa en la vida real.

—No confío en nadie más para confiarle esa clase de tarea. Cualquier otro hombre se dejaría vencer por la tentación. Seguro que has notado que es una mujer muy hermosa...

Sí, sí que lo había notado. Imposible no darse cuenta. Isabella tenía la clase de belleza que ningún hombre podría ignorar. Y Adham no quería pasar con ella más tiempo del estrictamente necesario.

–¿La mantendrás a salvo? –le preguntó Hassan.

–Tienes mi palabra de honor de que la mantendré a salvo de cualquier peligro –pronunció el juramento desde su corazón. Siempre había servido con gusto a Hassan. El jeque era su única familia, y no había ningún lazo más fuerte que la sangre.

–Confío plenamente en ti, Adham –le dijo su hermano–. Cuida de ella y haz que se sienta feliz. Eso aliviará un poco mi conciencia.

–Como desees –respondió Adham, antes de acabar la llamada.

Arrojó el móvil al sofá e intentó calmar sus frenéticos latidos. Se sentía como un zorro al que hubieran puesto al cuidado del gallinero.

Besar a Isabella había sido un error imperdonable, pero no se había imaginado que su cuerpo pudiera reaccionar de aquella manera. Al fin y al cabo, tenía demasiada experiencia como para que un simple beso le hirviera la sangre.

Y sin embargo así había sido. Aún le duraba la excitación. No podía negar que la deseaba. A Isabella. La única mujer a la que le estaba prohibido tocar.

Pero todo era cuestión de voluntad y autocontrol. Una vez que tomaba su decisión, nada ni nadie podría desviarlo de su objetivo.

Nada ni nadie.

Capítulo 3

A LA MAÑANA siguiente, Isabella salió en silencio del dormitorio y observó el salón con los ojos hinchados por las lágrimas y la falta de sueño. Pero aquellos momentos de complacencia habían merecido la pena, porque se había acabado el sentir lástima de ella misma.

Se recogió el pelo en una cola de caballo y entró en la cocina, donde agarró una manzana del frutero y se sentó junto a la mesa.

Adham apareció un momento después, con una camisa blanca abierta hasta la mitad del torso y sus cabellos negros húmedos y con las puntas ensortijadas alrededor del cuello. Despedía un olor limpio y masculino con una pizca de sándalo. Una fragancia exótica, balsámica e intensamente erótica. Isabella no recordaba haber percibido nunca el olor de un hombre. Sí había olido la colonia de su padre y la loción de su hermano, pero nunca el olor de una piel masculina. Y ahora que por primera vez lo estaba haciendo, era como si no le llegase suficiente aire a los pulmones.

Dejó la manzana en la mesa.

–Buenos días.

Él la echó una mirada cargada de escepticismo y abrió con más brusquedad de la necesaria la puerta del frigorífico.

–¿Has desayunado?

Ella negó con la cabeza, hasta que se dio cuenta de que Adham no podía verla.

–No. Acabo de levantarme.

–Es normal estar cansado después de pasarse la noche en la calle.

Isabella apretó los dientes para no espetarle una retahíla de justificaciones. De nada serviría. Para él, ella no era más que un paquete que debía entregar a su dueño.

–Eso estoy descubriendo.

Adham cerró el frigorífico y se volvió hacia ella con una mirada oscura e impenetrable.

–No vuelvas a ponerte en peligro de esa manera, Isabella. No entiendes lo peligroso que puede ser el mundo.

–Vivo permanentemente rodeada por guardaespaldas. Entiendo que la vida es peligrosa.

–¿En serio? Porque anoche no pareció que lo entendieras muy bien.

–No imaginé que las calles de este barrio pudieran ser peligrosas.

–El peligro está en todas partes. Incluso en los barrios más exclusivos. Especialmente en ellos.

El tono de su voz y las cicatrices de su rostro le insinuaban que hablaba por una experiencia que ella no alcanzaba a comprender. Esas cicatrices sólo eran un atisbo de lo que ocultaba en su interior, pero, extrañamente, no le suscitaban el menor rechazo a Isabella. Al contrario, no hacían sino aumentar la curiosidad que le provocaba el sirviente más leal del jeque. El hombre que no temía por su vida, pero sí por la seguridad de Isabella.

Adham agarró la manzana de la mesa y la colocó en el frutero.

–Vamos a desayunar a un café. Así verás algo más de la ciudad.

Un atisbo de esperanza no exento de recelo brotó en su interior.

–Creía que no hacías de canguro...

–Y no lo hago. Considéralo el paseo turístico de tu vida.

–¿Puedo saber qué te ha hecho cambiar de opinión? –la mezcla de aprensión y excitación se arremolinaba en su estómago.

–Sólo estoy siguiendo las órdenes de Hassan. Si de mí dependiera, ya estarías en un avión rumbo a Umarah. Pero tu futuro marido ha juzgado conveniente que tengas tus... experiencias. Dentro de lo razonable, naturalmente.

Isabella pensó que debía de sentir lo mismo que un condenado a muerte cuya fecha de ejecución hubiera sido aplazada y que tuviera que vivir el tiempo restante en compañía de su carcelero. Pero no podía pensar en lo que la esperaba al marcharse de París. Aquel era su momento y tenía que aprovecharlo. Lo tenía más que merecido.

–Gracias –murmuró con voz ahogada. Cubrió la distancia que los separaba y le echó los brazos al cuello.

Adham se quedó completamente rígido y con los brazos sujetos a sus costados. No se atrevió a hacer nada salvo respirar, por miedo a perder el poco control que le quedaba sobre la dolorosa excitación que le palpitaba por todo el cuerpo.

No recordaba cuándo fue la última vez que una mujer lo había abrazado. Una cosa eran los besos, los frotamientos, las caricias destinadas a provocarlo... Pero un simple abrazo de afecto y gratitud, tan cálido e inocente... No sabía si alguna vez lo había recibido. Llevaba demasiado tiempo sin familia y sin un contacto humano verdadero. Desde la muerte de sus padres, sólo estaban Hassan y él, y ninguno de los dos era dado a las muestras de cariño.

–No quiero que me des las gracias –dijo, apartándose de ella e ignorando la reacción de su cuerpo–. Esto no es cosa mía.

Los ojos azules de Isabella se abrieron como platos en una expresión de dolor y arrepentimiento, como si fuera una niña a la que estuvieran reprendiendo. Las contradicciones en su forma de ser resultaban fascinantes. Era una mujer, no una cría, pero parecía cambiar de actitud según fueran sus propósitos. Se comportaba como una mujer adulta cuando quería mostrarse tentadora y atractiva, y como una niña inocente cuando quería despertar compasión. Todo era pura fachada y actuación, y por efectiva que fuera no iba a funcionar con él.

Ella se mordió el labio y bajó la mirada.

–Lo siento. Pero esta es mi única oportunidad para descubrir quién soy. Aunque dudo que alguien como tú pueda entenderlo.

–¿Alguien como yo? –preguntó él. En cierto modo le parecía divertido que ella lo tomase como un guardaespaldas y nada más.

–Alguien que ha disfrutado de libertad toda su vida y que puede tomar sus propias decisiones. Yo nunca he tenido esa suerte. Es... es algo más que eso. No sé cómo explicarlo. Sólo sé que necesito tener mis propias experiencias.

Adham se cruzó de brazos, impertérrito.

–¿Y qué es lo primero que quieres hacer?

Ella volvió a mirarlo a los ojos, que de nuevo le brillaban con excitación.

–Quiero hacer cosas que no he hecho antes. Ir al cine, a un club nocturno...

–A un club ni hablar.

Si Isabella entraba en un club se convertiría en el objetivo de todos los hombres. Y dado que se había criado en una burbuja, no sabría la clase de efecto que un cuerpo como el suyo tenía en el sexo masculino. Una cosa era que intentara provocarlo a él; si hacía lo mismo en un club sería como una oveja en medio de una manada de lobos hambrientos.

–Vale, nada de clubes –aceptó ella, sin que la negativa pareciera afectarla mucho–. Pero a la torre Eiffel sí. Y a los Campos Elíseos, y a un restaurante... Y de compras, por supuesto.

–Vístete. Te llevaré a desayunar.

Isabella tomó un largo sorbo de su expreso y le dio un mordisco a una pasta. Cerró los ojos y gimió de placer.

Una llamarada se desató en el interior de Adham e hizo que el flujo sanguíneo se concentrara por debajo del cinturón.

Hasta ese momento no se había dado cuenta de la mujer tan sensual que era Isabella. Verla comer pastas y beber café, escuchar los ruiditos que hacía, contemplar cómo cerraba los ojos en una mueca de éxtasis y se lamía las migas de sus labios carnosos... Era una tortura deliciosamente erótica.

Lo único que compensaba la excitación era la creciente sensación de disgusto. Isabella era la mujer de su hermano. Era un fruto prohibido. No podía desearla, no podía tocarla, ni siquiera podía mirarla como un hombre miraría a una mujer hermosa. Y sin embargo no podía dejar de mirarla y desearla. Lo que no volvería a hacer sería tocarla. De ninguna manera. Lo del callejón tal vez hubiera sido necesario, pero no traicionaría a su hermano. La lealtad que existía entre ellos no era algo que pudiera ignorarse por una mujer. El vínculo entre Adham y Hassan siempre había sido fuerte, pero tras la muerte de sus padres se había afianzado aún más. Hassan había dedicado su vida al gobierno de Umarah, forjando alianzas diplomáticas y ocupándose de los delicados asuntos de estado. Adham, en cambio, había dedicado la suya a proteger a Hassan y a su pueblo. Hassan había sido el rostro público desde la muerte de sus padres, pero los dos funcionaban como un equipo por el bien de su país.

Nadie iba a poner en peligro esa unión.

–Este lugar es maravilloso... Es como estar en un sueño.

Isabella aspiró profundamente y Adham bajó inconscientemente la mirada a la curva de sus pechos. Obviamente los sueños y fantasías de Isabella diferían bastante de los suyos, lo que demostraba que eran absolutamente incompatibles. No sólo porque ella fuese la prometida de su hermano, sino porque era una joven inocente y virginal. Adham nunca le había puesto la mano encima a una virgen y no tenía la menor intención de casarse.

–El ambiente de París es único, aunque yo prefiero el desierto. Me gusta el calor, los espacios abiertos, la soledad...

Ella lo miró con el ceño fruncido.

–Nunca he estado en el desierto. No me puedo imaginar que sea algo hermoso... Cuando pienso en el desierto sólo veo arena, cactus y esqueletos de animales.

–No es fácil apreciar su belleza. No es como los edificios de París o las verdes montañas de Turan. Es un paisaje desolado e inhóspito, pero el hombre que consigue vencer el desafío y aprende a sobrevivir en un lugar semejante lo acaba amando.

Los ojos de Isabella brillaron de humor.

–¿Tú has vencido ese desafío? ¿Has derrotado al desierto?

Su pícara sonrisa le arrancó una carcajada a Adham.

–No lo he vencido. Es imposible someter al desierto. Hay tormentas de arena, temperaturas extremas y reptiles venenosos. Lo máximo que puedes esperar es que el desierto te deje vivir en paz.

Ella le dedicó una media sonrisa encantadora.

–No me imagino la clase de libertad que puede ofrecer el desierto.

–Es una libertad que exige una gran responsabilidad. Tienes que respetar tu entorno en todo momento y ser consciente de los límites.

–¿Y el deber y el honor también?

–¿Qué sería la vida sin esas cosas, Isabella? Si los hombres no tuvieran honor, ¿qué movería el mundo?

Estaba en lo cierto, por mucho que Isabella odiara admitirlo. Entendía la importancia que revestía su alianza con Hassan, jeque de Umarah. Era un acuerdo muy beneficioso para la economía y para afianzar las relaciones entre los dos estados. Y si no se tratara de su vida, si ella fuese una espectadora como Adham y no estuviera obligada a casarse con un extraño, pensaría exactamente igual que él.

Pero se trataba de su vida, no de un vago concepto de honor y sacrificio. Para Adham era muy fácil hablar de esas cosas cuando tenía la libertad para hacer lo que quisiera y estar con quien quisiera.

–He aceptado mi destino, Adham –dijo, intentando que no le temblara la voz–. Sólo quiero dar un pequeño rodeo antes de tomar ese camino.

–¿Y adónde te llevaría ese rodeo, princesa? –su voz volvía a expresar una fría condescendencia. Los breves momentos de camaradería habían pasado.

Muy bien. De acuerdo. Ella tampoco quería compartir nada personal con él.

–He pensado que podríamos dar un paseo.

Él asintió con una aquiescencia que a Isabella le pareció excesivamente forzada. No era un hombre muy complaciente, su guardián.

Adham se giró y echó a andar por el bulevar. No se alejó demasiado, pero tampoco la esperó. No importaba, pues Isabella sabía que no iba a perderla de vista. Aceleró el paso para acortar la distancia mientras observaba a los turistas que bajaban de los autocares alineados junto a las aceras. Todos iban en grupos o en parejas, y muchos de ellos se agarraban de la mano. De repente, por alguna extraña razón, a Isabella le pareció que sería lo más natural del mundo que Adham y ella fuesen de la mano mientras paseaban por las calles de París.

Lo alcanzó y le rozó la mano con la suya. El corazón le dio un brinco por el leve contacto, pero él ni siquiera la miró ni pareció haberse dado cuenta... salvo que apretó fuertemente el puño por un breve instante. Isabella se frotó distraídamente el dorso de la mano. Aún le ardía la piel por el roce. ¿Tal vez Adham había sentido lo mismo?

Volvió a mirarlo y se convenció de lo contrario. Era imposible que pudiera ejercer el menor efecto en un hombre como él. No sabía su edad, pero debía de ser mucho mayor que ella, que sólo tenía veintiuno. La gran diferencia de edad, unida a la vasta experiencia de Adham, los situaba en mundos diferentes.

Se sacudió mentalmente y se concentró en el momento. Por encima de los autobuses turísticos y de los árboles elegantemente podados se elevaba la torre Eiffel. Llegaron al final de los setos y la imponente estructura apareció ante ellos en toda su magnitud. La gente sacaba fotos del intrincado armazón metálico y posaban de diferentes maneras frente a la torre. Isabella se preguntó qué aspecto debían de dar ella y su estoico acompañante.

No tardó en advertir las miradas que las mujeres le lanzaban a Adham. Una sensación de orgullo la invadió, mezclada con otra emoción mucho más incómoda. Orgullo porque Adham era el hombre más apuesto de aquel lugar tan densamente poblado y estaba con ella. La otra sensación, sin embargo, le atenazaba dolorosamente el estómago.

–¿Te importaría sacarme una foto? –le preguntó, sacando la pequeña cámara digital del bolso. Quería tener todos los recuerdos posibles de su breve periodo de libertad.

Él arqueó las cejas. Era evidente que no le hacía ninguna gracia hacer de turista.

Otra sensación, mucho más clara y definida, invadió a Isabella. Irritación.

–Por favor. Sácame una foto y deja de comportarte como si esto fuera un castigo para ti.

–Es un castigo para mí –declaró él, pero de todos modos agarró la cámara.

Isabella se colocó delante del césped y esbozó una amplia sonrisa. De repente deseó ser ella la que lo estuviera fotografiando a él. Si tuviera su rostro plasmado en una foto, podría examinar sus enigmáticos ojos negros hasta desvelar sus secretos.

Adham sacó la foto y ella dio un respingo al volver a la realidad. No podía distraerse de aquella manera. Estaba en París, delante de la Torre Eiffel. No debía mirar adelante ni atrás. Y desde luego no debía mirar a los ojos de Adham. Él no era más que un desafortunado accesorio en su viaje.

–¿Ha salido bien?

Adham observó la pequeña pantalla con expresión severa.

–Sí –se acercó a ella y le puso bruscamente la cámara en la mano.

¿Habría alguna manera de traspasar esa muralla invisible? ¿Habría amado a alguna mujer en su vida? ¿Alguien a quien aquellos ojos negros mirasen con ternura y afecto?

La idea le provocó náuseas. No quería pensar en la mujer que consiguiera vencer sus defensas, pero sin duda sería mayor que ella, rica, pero también sofisticada y experimentada en todo aquello que Isabella apenas conocía.

Todo lo opuesto a ella, ya que lo único que Isabella parecía despertar en Adham era un disgusto extremo.

–¿Lista? –le preguntó él.

No, no estaba lista. Pero eso no importaba.

–Claro.

El resentimiento se le olvidó mientras paseaban por la ciudad, entre monumentos y preciosos edificios históricos. Isabella se entretuvo en una de las estrechas callejuelas, sacando fotos de una puerta de madera pintada de azul. Quería capturar aquel momento para siempre y recordar la belleza del color entre los tonos grisáceos.

–Es sólo una puerta, Isabella –dijo Adham con voz aburrida.

–Sí, Adham. Una puerta azul. Me alegra ver que no te falla la vista. No me extraña que seas un miembro indispensable de la guardia de Umarah.

Él la agarró del brazo, sin hacerle daño pero con firmeza, y la giró para encararla.

–No soy un miembro de la guardia de Umarah. Yo soy la guardia de Umarah.

Estaba muy cerca de ella. Igual que cuando estuvieron en el callejón. A Isabella le resultó muy fácil imaginarse que la apretaba contra su cuerpo y volvía a besarla.

–Tienes suerte de contar contigo.

Fue ella la que se adelantó en esa ocasión, manteniendo la vista al frente. No sabía por qué, pero el comentario de Adham la había molestado más de la cuenta. Tal vez se debiera a que ella había percibido la belleza en algo tan simple como una puerta y había intentado capturarla, mientras que él no había visto nada de nada. Claro que eso a ella no debería importarle.

El callejón desembocó en una calle muy concurrida, llena de comercios y cafés, a pocos pasos de las tiendas Printemps.

Isabella volvió a sentir la excitación del momento.

—¿Podemos ir de compras?

—¿De compras? ¿Tan importante es esa experiencia para ti?

—No lo sé —respondió ella, irritada—. Tal vez. Nunca he ido de compras yo sola. Siempre me acompañaba la asistenta personal de mi madre, que me decía lo que era y lo que no era apropiado. Pero tú no puedes entenderlo, ya que siempre has podido hacer lo que has querido.

—¿Y crees que una experiencia tan superficial como ir de compras te enseñará algo de la vida? Esto demuestra lo poco que sabes, Isabella. Sólo ves lo que se te niega, no todo aquello de lo que se te protege —le clavó una mirada intensa y estremecedora—. No todas las experiencias son buenas.

Isabella tragó saliva.

—Hablas como alguien que no ha estado nunca prisionero.

Él dio un paso adelante y ella retrocedió.

—He sido prisionero de guerra. ¿Dónde crees que me hice esto? —se señaló las cicatrices de la cara—. No eres más que una cría atolondrada que no sabe nada del mundo. Considérate afortunada por ello.

Capítulo 4

ISABELLA levantó la vista y se fijó en la fría expresión de Adham reflejada en el espejo del probador.

–¿No te gusta?

Él se encogió de hombros con indiferencia.

–Compra lo que quieras.

Isabella volvió a mirarse al espejo. Sí. Iba a comprar lo que quisiera. Lo que a ella le gustara. Sin importarle lo que él pensara o lo que la asistente personal de su madre pudiera decir al respecto. Lo único que importaba era cómo le sentara a ella. La camiseta blanca con botones se ceñía a sus pechos y cintura y acentuaba las esbeltas curvas de su perfil, mientras que los *shorts* marrones de satén dejaban a la vista más porción de pierna de lo que estaba acostumbrada. Pero la imagen era de su agrado.

Volvió a mirar a Adham.

–¿Me favorece?

El lento escrutinio de sus ojos negros hizo que quisiera tirarse de los pantalones hacia abajo para cubrirse las piernas.

–Sí, mucho.

De pronto fue consciente de que estaban los dos solos en el probador. Sentía la densidad del aire tocándole la piel y el calor corporal de Adham.

–Gra... gracias –el corazón le latía con fuerza y tenía las manos sudorosas. Necesitaba poner distancia entre ellos. No quería estar cerca de Adham ni compartir el mismo aire con él–. Entonces... ¿te gusta? –le preguntó en un tono esperanzado que no le gustó nada.

Él tragó saliva y volvió a recorrerle las curvas con la mirada.

–Sí.

Isabella vio que volvía a apretar brevemente los puños.

Era un hombre exasperante. Antes de entrar en Printemps la había hecho sentirse como una cría estúpida, y ahora, tan sólo media hora después, la hacía ser consciente de su feminidad como nunca antes la había sentido.

–Ya he acabado –murmuró, y entró en un probador para cambiarse rápidamente de ropa.

Añadió las prendas a los zapatos que ya había adquirido: un par de sandalias de tacón alto y unas botas altas de cuero. Definitivamente, no era la clase de calzado que la asistenta de su madre hubiera elegido.

Mientras paseaban por los grandes almacenes Isabella se esforzó por abstraerse de todo salvo del momento que estaba viviendo. Le encantaba estar rodeada por tanta gente y oír el murmullo de sus conversaciones. Por primera vez estaba «con» la gente y no «sobre» la gente.

Adham, en cambio, parecía completamente fuera de lugar a pesar de ir vestido con unos vaqueros y una camiseta. Su estatura y corpulencia, junto a las cicatrices de su atractivo rostro, lo hacían destacar entre la multitud y lo convertían en el centro de todas las miradas. Pero no era sólo por su imponente aspecto. Sus rasgos eran demasiado exóticos como para pasar desapercibidos en una exclusiva tienda de París.

En cualquier caso, Adham parecía completamente indiferente a la atención que suscitaba. No como Isabella, quien se sentía cada más nerviosa en su presencia por mucho que intentara disimularlo.

Examinó el plano de la tienda y se dirigió a la planta de lencería. Era otra sección de su guardarropa que necesitaba adaptarse a los tiempos modernos. Tenía una ropa interior preciosa y de la mejor calidad posible, pero el estilo no era el más apropiado para potenciar la sexualidad femenina. A ella nunca le había preocupado ese detalle, pero no podía redescubrirse a sí misma sin explorar su lado más erótico.

Además, una visita a las prendas íntimas incomodaría bastante a Adham. Era lo justo, teniendo en cuenta lo nerviosa que estaba ella.

Como era de esperar, el descaro la abandonó cuando llegaron a la planta de lencería. Miró a Adham por el rabillo del ojo y vio que había vuelto a apretar el puño. Lo hacía mucho, e Isabella estaba convencida de que era un gesto de incomodidad. Estupendo. Se lo tenía merecido.

—Me gustaría dar una vuelta por aquí —dijo, intentando mantener una expresión lo más neutra posible.

Adham apretó la mandíbula.

—Como quieras.

—Puedes esperarme en una cafetería —le sugirió, aunque sabía muy bien que no lo haría.

—No creo que sea una buena idea.

Isabella respiró profundamente e intentó adoptar una actitud despreocupada, como si estar acompañada de un hombre mientras miraba la ropa interior fuera lo más normal del mundo.

—Muy bien.

Se acercó a una de las mesas y se puso a examinar los tangas y las braguitas más pequeñas y diáfanas que pudieran encontrarse, el tipo de prendas que su madre ni siquiera le hubiera permitido mirar. Seguramente pensaría que sólo las mujeres de dudosa reputación llevarían esa clase de ropa. Un arrebatado de euforia la dominó mientras seleccionaba un tanga de cada color, a cada cual más atrevido.

No le importaba la opinión de su madre. Era su decisión y de nadie más. Le resultaba muy triste que tuvieran que controlar hasta lo que llevaba debajo de la ropa, pero eso iba a cambiar. Cuando viviera en el palacio de Umarah no permitiría que nadie le escogiera sus prendas íntimas.

Claro que ese tipo de lencería sólo la llevaría en sus aposentos privados. No se imaginaba luciéndolas para su futuro marido, a quien ni siquiera conocía.

Miró de reojo a Adham, quien se había quedado unos pasos por detrás de ella, y vio cómo sus ojos ardían con una intensidad feroz. Estaba consiguiendo que se sintiera incómodo... Una ola de satisfacción y orgullo la invadió e hizo que aumentara la confianza en sí misma. Envalentonada, pasó a la colección de picardías. La gama era fenomenal: de seda, transparentes, rosas, azules... Isabella nunca había visto, y mucho menos usado, algo tan sexy. ¿Por qué tenía que limitarse a unos camisones que llegaban al suelo? Tenía veintiún años, por el amor de Dios, y sin embargo seguía usando la misma ropa interior que cuando estaba en el internado para chicas.

Escogió un camisón de color melocotón, tan corto que apenas le llegaría al comienzo de los muslos y con un plisado griego sobre las copas que no llegaría a cubrirle los pechos. El tejido era prácticamente transparente y los abalorios cosidos bajo el busto ofrecían una imagen de pecaminosa lujuria. A Isabella le encantó.

Siguiendo un malévolo impulso, se giró hacia Adham y sostuvo el picardías en alto.

–¿Qué te parece? ¿Crees que me sentaría bien?

El rostro de Adham permaneció tan impasible como siempre, salvo la ligera tensión de la mandíbula. Se acercó a ella, y el calor que desprendían sus ojos prendió una llamara instantánea en el vientre de Isabella.

Se detuvo a escasa distancia de ella, envolviéndola con su olor varonil. Isabella intentó tragar saliva, pero tenía la garganta completamente seca.

Adham alargó la mano y pasó los dedos por el escote del camisón sin despegar la vista de sus ojos. La fuerza que despedía su mirada hizo que a Isabella le costara respirar.

Los dedos se deslizaron hacia abajo mientras el pulgar acariciaba la parte que habría cubierto sus pechos de haberlo llevado puesto. Era demasiado fácil imaginarse aquellas manos callosas moviéndose sobre su cuerpo, dejándole la impronta de su fuerza y carácter.

Isabella sintió cómo se le hinchaban los pechos y se le endurecían los pezones. Estaba absolutamente trastornada por las sensaciones que Adham le despertaba, embelesada e indefensa ante el poder que ejercía sobre su cuerpo. Sin ni siquiera tocarla le hacía sentir más que cualquier persona real o imaginaria.

Aguantó la respiración y esperó con todo el cuerpo en tensión el siguiente movimiento de Adham.

–No creo que sea tu color –dijo él–. Deberías probarte algo más atrevido.

Por un momento, un instante fugaz y maravilloso, pensó que iba a besarla. Estaba demasiado cerca. Sólo tenía que inclinarse ligeramente para que sus labios se encontraran.

–Un tono más claro, quizá –añadió con voz ronca–. El jeque Hassan prefiere que las mujeres vistan colores vivos.

Se apartó de ella, habiéndose apagado el fuego de sus ojos, y para Isabella fue como si le hubieran arrojado un cubo de agua helada. Por unos momentos se quedó tan aturdida que no supo dónde estaba. Y le supuso una gran conmoción descubrir que seguía en Printemps, bajo las brillantes luces del techo, rodeada de otros compradores... y con el anillo de Hassan en el dedo.

–Me gusta este –dijo, intentando insuflar toda la autoridad posible en su voz. Algo difícil cuando apenas podía respirar.

Sostuvo el picardías contra su pecho y agarró los tangas en un manojo de camino a la caja registradora.

–¿Lista para marcharnos? –le preguntó Adham después de que pagara y le envolvieran las compras.

–Tengo hambre. Podríamos comer aquí...

–Mi paciencia para las tiendas se ha acabado –la interrumpió él–. Normalmente les dejo mi tarjeta de crédito a las mujeres y se van ellas a comprar por su cuenta.

Echó a andar hacia la salida, seguido rápidamente por Isabella.

–¿Qué? ¿Te refieres a las mujeres con las que sales?

Él se volvió y la miró brevemente con el ceño fruncido.

–Yo no lo llamaría así...

Claro que no. Los hombres como él sólo tenían aventuras pasajeras. Seguramente Adham había estado con un montón de amantes ricas a las que les encantaba disfrutar de un macho experimentado en la cama. Aunque no parecía el tipo de hombre al que le gustara ser el juguetito de una mujer. Y, como había dicho, era él quien entregaba la tarjeta de crédito.

Volvió a mirarlo y el corazón le dio un vuelco al admirar su ancha y musculosa espalda. No... Adham no podía ser el juguete de nadie. Era demasiado viril para eso. Seguramente querría ejercer el papel dominante en cualquier situación.

–¿Cómo lo llamarías, entonces? –le preguntó con curiosidad.

–Nunca me quedo en un mismo lugar el tiempo suficiente para salir con nadie. Lo mío son más bien... encuentros.

Una punzada de celos atravesó a Isabella. No por las mujeres, sino porque esos «encuentros» eran algo completamente natural para Adham. Nadie le decía a quién podía ver, con quién podía estar ni cómo comportarse. Isabella estaba segura de que ella jamás tendría encuentros casuales ni aunque le dieran carta blanca con los hombres, pero estaría muy bien tener la libertad para descubrir sus límites y su propio código moral. Sería agradable saber que sus padres le brindaban aquella clase de confianza. Por desgracia, las relaciones con el sexo opuesto siempre le habían estado prohibidas, ya que sólo tenía diez años cuando sus padres decidieron que se casaría con el jeque Hassan bin Sudar.

–Nunca he tenido una relación –confesó cuando salieron a la calle. Un soplo de viento impactó en su cara y le agitó el pelo.

–Estás comprometida. La mayoría de la gente lo consideraría una relación –dijo él secamente.

–Bueno, pero la mayoría de la gente que está comprometida conoce a su pareja, o por lo menos la ha elegido.

–Para la realeza es distinto, Isabella. Lo sabes muy bien.

–Pues claro que lo sé.

Adham se detuvo a mitad de zancada y se giró para quitarle las bolsas. Sus dedos se rozaron y un estremecimiento la recorrió de la cabeza a los pies. Pero él volvió a girarse y reanudó la marcha como si nada hubiera pasado.

–¿Y tú? –le preguntó ella. De repente quería saber

más sobre su guardián–. ¿Alguna vez has pensado en casarte?

–No.

–¿No?

–Mi vida no encaja con el matrimonio y la familia. No tengo tiempo ni deseo de tener una esposa.

–Vaya, menos mal que no eres el jeque de tu país. En ese caso tendrías que casarte conmigo.

La reacción de Adham fue casi imperceptible, pero ella empezaba a reconocer sus gestos.

–Si tuviera que hacerlo, lo haría.

–¿En serio? Si tuvieras que casarte por el bien de tu país, ¿renunciarías a todas tus ambiciones para cumplir con tu deber?

–Sí.

Lo dijo con tanta convicción que a Isabella no le quedó más remedio que creerlo. Pero para él sería muy fácil hacerlo. Él no soñaba con encontrar a la mujer de su vida. En cambio ella, aun sabiendo desde siempre que su matrimonio estaba concertado, había albergado fantasías románticas sobre el amor verdadero. Era normal en las mujeres, y en la mayoría de las personas. Todo el mundo quería ser amado.

Salvo Adham. Él sólo necesitaba tener amantes. Su comportamiento la intrigaba sobremanera, aunque no sabía por qué. No tenía nada que hacer con Adham...

Ni con ningún otro hombre aparte del novio que le habían elegido.

Sin embargo, cuando torcieron en la esquina y ella cerró los ojos para protegerse del sol de la tarde que brillaba entre los edificios, fue el rostro de Adham lo que siguió grabado en su retina.

Capítulo 5

ADHAM estaba considerando llevarla al cine y
ella estaba cada vez más nerviosa. Era como tener una cita de verdad, aunque la idea fuese absurda. Adham llevaba varios días ignorándola. Se había
dedicado a otros asuntos relativos a sus negocios y sus
pozos de petróleos y había dejado que Isabella se las
arreglara sola.

Pero aquella mañana ella había sacado el tema del
cine y él había accedido.

Isabella se había pasado casi una hora intentando
decidir qué ropa ponerse. La ropa no debería importarle
siempre que se sintiera cómoda con ella, pero no dejaba
de imaginarse la cara y la reacción de Adham cuando
viera el conjunto elegido: un suéter carmesí que se ceñía a sus curvas y con un escote pronunciado, unos vaqueros oscuros y unos zapatos de tacón que le destro-
zarían los pies al cabo de unas pocas horas. Pero valía
la pena.

La ropa interior fue una decisión aún más difícil. No
debería importarle, pero Adham había visto las prendas
que había comprado, siendo el primer hombre que veía
su ropa interior aunque no la llevara puesta, y tal vez
intentara imaginarse lo que llevaba debajo. Esa posibilidad la hacía sentirse atrevida. Nerviosa. Y también un
poco culpable.

Escogió un sujetador marfil de malla con un intrincado diseño floral alrededor de los pezones, claramente

visibles a través del diáfano tejido. El tanga tampoco cubría mucho más.

Se miró al espejo, sobrecogida ante su aspecto tan... provocativo. Hasta ese momento había ignorado por completo su sexualidad ya que estaba indisolublemente ligada a su futuro y desconocido marido. Pero ahora, aun llevando el anillo de Hassan en el dedo, esa parte de ella que durante tanto tiempo había sido ignorada, empezaba a sentirse más y más atraída hacia el hombre que esperaba en el salón.

La atracción había surgido desde el primer momento, pero Isabella había confiado en que iría apagándose a medida que pasara más tiempo con él. No fue así. Adham le resultaba cada vez más atractivo y estar con él no ayudaba para nada.

Se miró los pechos y vio sus pezones erectos a través de la tela. Ni siquiera podía pensar en él sin que su cuerpo reaccionara.

Soltó un débil gemido de disgusto y se puso rápidamente los vaqueros, el suéter y los zapatos para ocultar la sensual imagen que había creado. Definitivamente, la ropa interior estaba hecha para ser vista.

Una vez vestida, volvió a mirarse al espejo y se quedó boquiabierta de asombro. Nunca había tenido un aspecto tan sexy en toda su vida. Se giró para mirarse por detrás. Sí, indiscutiblemente sexy. Pero era algo más que eso. Su aspecto era diferente, y al mismo tiempo absolutamente familiar. Era como si la otra versión de sí misma, la que vestía pantalones caqui y chaquetas a juego, hubiera sido la extraña y aquella fuese la verdadera Isabella.

Se acercó al espejo y observó el rostro de la mujer que la miraba. Su maquillaje era más ligero del que le aplicaba su estilista personal y el pelo le caía suelto sobre los hombros.

Por primera vez sintió que encajaba con la imagen

del espejo. No era la princesa emperejilada para parecer más vieja y glamurosa de lo que realmente era. No. Aquella mujer era la que siempre había llevado dentro.

Respiró hondo y se preparó para salir al salón. Estaba muy nerviosa. Acababa de verse a sí misma por primera vez, y ahora también la vería Adham... tal como era.

Giró el pomo y abrió la puerta. Adham estaba sentado en el sofá, con los ojos cerrados y las manos detrás de la cabeza. La camiseta negra se estiraba sobre los poderosos músculos del pecho.

A Isabella se le formó un nudo en el estómago ante la vista de aquellos brazos fuertes y bronceados y recordó una vez más que Adham había visto su ropa interior, si bien no tenía motivos para sentirse aprensiva. Adham no la había visto en paños menores y seguramente tampoco tenía el menor interés en verla.

Pero cuando abrió los ojos y la vio, su mirada despidió un calor inconfundible al recorrerla lentamente de arriba abajo. Y esas llamas invisibles alcanzaron a Isabella en los lugares más íntimos de su cuerpo.

–Estoy lista –dijo con voz ronca y afectada.

El calor de los ojos de Adham se intensificó e Isabella se dio cuenta de que sus palabras podrían interpretarse de otra manera. También se dio cuenta de que una parte de ella quería que se interpretaran de esa otra manera...

No podía ser. Aunque no le hiciera le menor ilusión casarse con Hassan, tenía que respetar su compromiso. Y eso implicaba llegar virgen al lecho nupcial, por mucho que la asustara pensar en compartir algo tan íntimo con un hombre al que no amaba ni conocía.

Pero ahora era aún peor, porque cuando pensaba en un beso seguía sintiendo los labios de Adham, la presión de su pecho y la fuerza de sus brazos. Adham la había sujetado como si fuera un objeto delicado y especial, con la firmeza necesaria para que no se cayera pero con la suavidad suficiente para que no se rompiera.

Era él a quien Isabella quería tocar, no a un hombre cualquiera aunque le hubiese dado un anillo. Hassan seguía pareciéndole un completo extraño, alguien elegido al azar, mientras que Adham... Era como si Isabella empezara a conocerlo y a sentir algo por él, a pesar de su carácter duro e insensible. O quizá, debido a ello.

Quería tocarlo y descubrir si había algo amable tras aquel muro que levantaba a su alrededor. Quería encontrar la raíz de sus cicatrices, no sólo las físicas, sino también las que discurrían por debajo de su piel. Quería aliviar su dolor.

Volvió a mirarlo. El fuego de su mirada se había extinguido y sus ojos volvían a estar apagados e inexpresivos. Tal vez Isabella se lo estuviera imaginando todo. Tal vez no había el menor atisbo de calor humano y Adham fuese tan frío por dentro como por fuera. Pero le costaba creerlo.

—¿Quieres ir a pie o en coche? —le preguntó él. Descolgó el abrigo de la percha y se lo tendió a Isabella. Sus dedos se rozaron y ella dio un respingo involuntario.

—A pie, por supuesto. Me encanta pasear.

La entrada del cine era todo lo que Isabella se había imaginado, con sus luces de neón y sus carteles luminosos que reflejaban los charcos de las aceras y que añadían un tenue resplandor a la calle en sombras.

—Es... precioso —dijo, absolutamente maravillada. Tal vez fuera algo normal para la mayoría de los mortales, pero para ella era un momento increíble.

—¿Quieres sacar una foto?

–Sólo es un cine, Adham –observó ella.

–Sí, pero seguro que quieres sacar una foto, igual que hiciste con la puerta azul –lo dijo como si finalmente hubiera entendido sus motivos, y una emoción inexplicable pero muy real invadió a Isabella.

Se le formó un nudo en la garganta y no pudo hablar mientras sacaba la cámara del bolso y sacaba una docena de fotos de los carteles, las luces y la fachada. Siempre recordaría cómo se había sentido frente al primer cine que visitaba en su vida. Y cuando contemplara las fotos recordaría también las palabras de Adham, su inesperada comprensión y el dolor que sintió ella en el pecho.

Se puso a mirar las fotos que acababa de sacar en la pantalla de la cámara. Él se colocó detrás de ella y le apartó el pelo del cuello para mirar también las fotos.

–Parece que le sacas algo especial a todo lo que ves.

A Isabella le dio un vuelco el corazón.

–A veces la gente no percibe la belleza porque está enterrada en los objetos más cotidianos. Pero todo esto es nuevo para mí.

Él se echó a reír.

–No hay nada cotidiano en ti.

Ella se giró y percibió un cambio fugaz en su expresión, antes de que la máscara de hielo volviera a su sitio y Adham se apartara con todo el cuerpo en tensión.

–Entremos o nos perderemos el comienzo –dijo, abriendo la puerta del cine para que ella entrase primero.

A Isabella no se le pasó por alto que fue él quien pagó las dos entradas y quien compró además palomitas de maíz. Sólo faltaba que la agarrase de la mano para que pareciera una cita...

Estaba impaciente por ver la película, hasta que las luces de la sala se apagaron y se dio cuenta de lo íntimo y personal que la parecía estar sentada junto a Adham a oscuras. Se movió en el asiento y sus brazos se rozaron. El corazón le dio un vuelvo y miró a Adham por el rabillo del ojo. Estaba sentado con la espalda muy erguida y su rostro permanecía impasible. La parpadeante luz de la pantalla acentuaba la dureza de sus rasgos y cicatrices.

Le dolía pensar en que alguien le hiciera daño o que tuviera que enfrentarse a una situación de vida o muerte, y se compadecía de la mujer que lo amaba. Adham decía que no quería casarse, pero el hermano de Isabella también lo había dicho hasta que encontró a Alison. Adham también encontraría a la mujer adecuada, pero esa mujer estaría condenada a una vida de angustia y soledad. Isabella podía imaginarse a la esposa de Adham acurrucada en la cama, preguntándose si esa sería la noche en la que su marido no volviera a casa.

Y lo más escalofriante era que la mujer que se imaginaba sentada en la cama a oscuras, con las rodillas pegadas al pecho... era ella.

Parpadeó frenéticamente y se concentró en la película. Durante un largo rato se sumergió en la bonita historia de amor, pero cuando el protagonista besó finalmente a la chica recordó las sensaciones provocadas por los labios y la lengua de Adham y el doloroso roce de los endurecidos pezones contra la ropa. Igual que le estaba pasando en ese momento.

Agarró unas palomitas del cartón y sus dedos se rozaron con los de Adham. Un gemido escapó de sus labios y volvió a lanzarle un vistazo fugaz para asegurarse de que no la había oído. Él seguía mirando al frente y no parecía haberse dado cuenta de nada.

¿Por qué tenía que atraerla tanto? ¿Por qué no podía ser gordo, bajito y feo? ¿Por qué tenía que ser tan enigmático e irresistible? Adham le había abierto la puerta a un mundo nuevo de fantasías y le hacía anhelar cosas que nunca antes había deseado.

La situación era tan absurda como cruel. Isabella ni siquiera podía albergar la esperanza de tener una aventura pasajera con Adham, y mucho menos una vida feliz a su lado.

Le miró la mano que apretaba el reposabrazos entre ambos y volvió a observar sus cicatrices. No creía que un hombre como él pudiera tener una aventura pasajera con nadie. Adham era el tipo de persona que lo daba todo o nada, sin punto medio. Y en cuanto a ella... sólo podría darlo todo y a cambio esperarlo todo. Una situación imposible, incluso sin anillo en su dedo.

La mano de Adham volvió a rozarle la suya e Isabella casi dio un respingo en el asiento. Estaba descubriendo que la atracción era mucho más que sentir mariposas en el estómago. Podía ser una necesidad tan vital como el comer y el beber.

Curiosidad, se dijo a sí misma. No podía ser más que eso. Al fin y al cabo, nunca se había sentido atraída por un hombre. Todos los caballeros que había conocido en fiestas y bailes de gala habían sido muy sosos y anodinos, especialmente si los comparaba con Adham.

Tal vez si conociera a otro hombre como Adham sintiera la misma clase de atracción. Salvo que no podía haber otro hombre como él. De eso estaba completamente segura.

Cuando los títulos de crédito aparecieron finalmente en la pantalla, Isabella dejó escapar el aire que había estado conteniendo sin darse cuenta. Necesitaba poner distancia cuanto antes o acabaría muy mal.

La rápida exhalación de Adham la sorprendió. Era como si él hubiera estado sintiendo lo mismo que ella durante la película.

Pero no podía ser. El realismo la obligaba a preguntarse por qué un hombre tan experimentado como Adham iba a sentirse atraído por un princesa virgen que ni siquiera sabía cómo besar.

–¿Te ha gustado la película? –le preguntó él cuando salieron del cine.

–Sí, mucho –confió en que no le pidiera un resumen, porque ella sólo recordaba el número de veces que sus brazos se habían rozado accidentalmente.

–Me alegro –dijo, aunque más que alegre parecía indiferente y aburrido. Aquello molestó sobremanera a Isabella. Ella estaba nerviosa e increíblemente excitada. Y él estaba... aburrido.

No podía permanecer más tiempo a su lado sin que todo el cuerpo le ardiera de deseo. Echó a andar rápidamente, con los tacones resonando ruidosamente en la acera. Era un hombre desesperante. No tenía sentido que la deseara, pues nada se podría hacer al respecto, pero habría sido mucho más satisfactorio que al menos se sintiera la mitad de incómodo que ella.

Adham caminó detrás de ella, obviamente ajeno a su malestar, lo que contribuyó a aumentarlo todavía más. Con razón las mujeres de las películas se comportaban de un modo tan extraño. Los hombres las sacaban de sus casillas.

–Isabella –la profunda voz de Adham la sobresaltó de tal manera que se tambaleó peligrosamente sobre sus altos tacones.

Una mano grande y fuerte la agarró del brazo y evitó que se diera de bruces contra el duro suelo de cemento. Se encontró pegada al recio torso de Adham, oyendo los fuertes latidos de su corazón.

–Ten cuidado –le espetó él, sin soltarla.

–Son los zapatos –dijo ella sin aliento. Las manos le temblaban por la subida de adrenalina que había seguido a su traspié... y por la mano con que Adham la agarraba del brazo.

–Los zapatos y el hecho de que te estés alejando tan rápido como una adolescente resentida.

Ella se echó hacia atrás para poder mirarlo.

–Yo no me estaba comportando como una adolescente resentida.

–Sí, claro que sí.

–¡No, claro que no! –el rostro de Adham permanecía irritantemente inexpresivo–. ¿Hay algo que te afecte?

–No.

–Bueno, pues a mí sí. Parece que yo lo siento todo y que tú no sientes nada –sólo pretendía referirse a lo que sentía yendo de compras y fotografiando puertas azules, pero nada más decirlo supo que sus palabras insinuaban mucho más. Acababa de dejar clara la atracción que sentía por él.

–¿Crees que no siento nada, Isabella? –le preguntó en un tono tranquilo y controlado.

Le acarició la línea de la mandíbula con el dedo, mirándola intensamente a los ojos, y entonces ella lo sintió... El primer resquicio en su fachada. Un ligero temblor en su mano y un inconfundible destello en sus ojos negros.

–Pues déjame que te diga que sí que siento... Siento cosas que no debería sentir. Y quiero cosas que no puedo tener.

Se movió ligeramente para apartarla de la luz de las farolas y la apretó de espaldas contra la pared lateral de un edificio. El frío de los ladrillos se filtró a través del suéter, pero el calor que desprendía Adham era más fuerte que cualquier otra sensación y amenazaba con reducirla a un montón de cenizas.

–¿Qué crees que siento cuando te veo con esa ropa interior, provocándome descaradamente?

Ella abrió la boca para protestar, pero él no le dio tiempo.

–Sí, Isabella. Me estabas provocando.

–Sí –admitió, casi sin poder hablar.

–¿Y esta noche en el cine, crees que no he sentido nada con tu cuerpo tan cerca del mío y tu olor embriagándome?

El cuerpo de Isabella empezaba a responder a la vehemencia de sus palabras.

–Parece... parece que siempre te controlas.

–No siempre –se apretó contra ella para que no quedara ninguna duda sobre su erección.

Y entonces la besó. Al principio de una forma impetuosa y apremiante, como la primera vez que se besaron. Isabella dejó escapar un débil quejido y se retorció para rodearle el cuello con los brazos y apretarlo más contra ella. Pero apenas había ladeado la cabeza para separar los labios y devolverle el beso cuando algo ocurrió. Adham aflojó las manos, suavizó la voracidad de sus labios y le introdujo la lengua de una forma lenta y pausada, como si estuviera deleitándose con su sabor. Un estremecimiento delicioso recorrió a Isabella y la hizo gemir de placer.

Adham bajó las manos y le agarró los pechos. Isabella ahogó un grito. Ningún hombre la había tocado los pechos. Pero el tacto de Adham era sumamente suave y delicado, casi reverencial, como si estuviera palpando una obra de arte.

–Oh, sí... –echó la cabeza hacia atrás y soltó un jadeo entrecortado.

Él se frotó contra ella, provocándola y excitándola con su dureza, prendiendo pasiones con las que Isabella jamás había soñado. La besó en el cuello y la mordió suavemente, antes de volver a sus labios.

–Adham...

De pronto se apartó de ella, tan bruscamente que el soplo de aire contra su cuerpo fue como recibir un aluvión helado. Adham respiraba agitadamente, expulsando bocanadas de vapor en la fría atmósfera nocturna.

La humillación mezclada con el deseo insatisfecho hizo que Isabella sintiera náuseas y que le temblaran las rodillas. Desprovista del calor corporal de Adham, se puso a tiritar con la espalda apoyada en la fría pared de ladrillo.

–¿Adham? –alargó la mano para tocarle el brazo, pero él se echó hacia atrás.

–No.

–Pero...

Él la agarró de la mano y la levantó bajo la luz de la farola hasta arrancar un destello dorado en el anillo.

–No.

Isabella retiró la mano con un tirón. La cabeza le daba vueltas y le temblaba todo el cuerpo. Por un momento se había olvidado de Hassan, de la posición que ocupaba Adham y de su propio lugar en la vida. Sólo había sido consciente de Adham, de sus brazos, sus labios, la dureza de su cuerpo... Pero de nuevo volvía a la amarga realidad.

Estaba comprometida con otro hombre.

Sin embargo, el deseo que sentía por un hombre que no era su prometido era tan fuerte que sentía su corazón partido en dos.

Adham se movía de un lado para otro de su despacho como un animal inquieto. La sangre le hervía en las venas y aún estaba excitado. Todo por culpa de Isabella. La deseaba con una intensidad que desafiaba todo lo que había conocido hasta entonces, y ese deseo amenazaba con echar abajo las defensas que con tanto esmero había levantado a lo largo de los años.

Tanto él como Hassan habían entrado en la edad adulta cuando apenas eran unos adolescentes. Hassan, siendo el mayor por dos años, tuvo que asumir el trono mientras que Adham se hacía cargo del ejército y la seguridad nacional. Los dos tuvieron que renunciar prematuramente a los placeres propios de su edad y aceptar el sacrificio que se esperaba de ellos. Todo por el deber y el honor.

Pero aquella chica... aquella princesa virgen con su rostro angelical y sus voluptuosas curvas amenazaba con echarlo todo a perder.

La había dejado sentada en el salón, con el pelo negro cayéndole sobre los hombros y los ojos brillando de deseo y vergüenza. No confiaba en sí mismo para estar en la misma habitación que ella. Estaba loco por colocarse entre sus muslos y frotar su erección contra ese sexo que sin duda palpitaba por él. Quería volver a tocar aquellos pechos grandes y turgentes, jugar con sus pezones, saborearlos con la lengua, metérselos en la boca...

Maldijo en voz alta y agarró el móvil de la mesa para llamar a su hermano. No obtuvo respuesta, lo que no era de extrañar. Hassan era un hombre muy ocupado y en aquellos momentos estaba inmerso en negociaciones diplomáticas y reformas legislativas. Otra razón más por la que Adham se alegraba de no ser el máximo dirigente de su país. Él era un hombre de acción y necesitaba estar siempre en movimiento. Por eso prefería estar al mando del ejército y velar por la seguridad de Hassan y de su pueblo en vez de asumir un papel puramente político.

Y acción era lo que necesitaba en aquellos momentos... con o sin la bendición de Hassan. No podía quedarse con Isabella por más tiempo. Su autocontrol pendía de un hilo y sólo podía pensar en hacerla suya.

Los últimos días habían sido un infierno, con ella provocándole en los grandes almacenes y haciéndole pensar en su ropa interior. Hacía mucho que Adham no tenía sexo con nadie. Tenía que librarse de aquella carga y llamar a alguna de sus examantes lo antes posible para buscar un desahogo a su libido.

Abrió la puerta del despacho y vio que Isabella seguía donde él la había dejado, con las rodillas pegadas al pecho y el pelo cayéndole sobre los hombros como un reluciente velo. Ella se levantó al verlo y sus mejillas se cubrieron de rubor.

—Nos vamos —anunció él.

—¿Qué? ¿Adónde?

—Nos vamos a Umarah. Al palacio. Con Hassan.

—Pero... ¿por qué?

—¿Por qué? —repitió él—. Te diré por qué, *amira*. Porque en la calle he estado a un suspiro de arrancarte la ropa y arrebatarte tu preciada virginidad contra una pared. Puede que tú seas capaz de traicionar al jeque, pero yo no.

—Pero... pero... —balbuceó ella.

Estupendo. Estaba conmocionada. Justo lo que él había pretendido. Había sido intencionadamente grosero para hacerle ver con quién estaba tratando y mostrarle cuán diferentes eran el uno del otro.

—No quiero marcharme —dijo en voz baja, con los ojos llenos de lágrimas.

—Me da igual lo que quieras —espetó él con dureza—. Nos vamos. ¡Ahora!

Capítulo 6

EL AVIÓN privado de Adham tomó tierra en Maljadeed, la capital de Umarah, un poco antes del anochecer. Pero aunque el sol ya se había ocultado tras las montañas rocosas que rodeaban la ciudad, Isabella no creía haber estado nunca en un clima tan caluroso.

Afortunadamente la limusina que los aguardaba en el aeropuerto tenía aire acondicionado y ofreció un alivio inmediato al sofocante aire del desierto. La red de carreteras era nueva y costosa, como el resto de infraestructuras de las que disfrutaba el próspero reino.

A pesar de la hora la ciudad bullía de actividad. El mercado estaba atestado de comerciantes que vendían sus productos y el olor a especias se mezclaba con el de los puestos de comida. Había chabolas medio derruidas junto a imponentes rascacielos y tenderetes de artesanía junto a supermercados modernos. Lo nuevo y lo viejo se mezclaban de una manera como Isabella nunca había visto.

Era un lugar extraño en el que nada le resultaba familiar. E iba a ser su hogar.

La idea le provocaba escalofríos. Desde que tenía diez años sabía que algún día se casaría con el jeque Hassan y que viviría en Umarah. Pero al verse finalmente allí, al ver lo distinto que era todo, le costaba imaginarse que fuera cierto. No sólo tendría que cambiar de casa y de familia, sino también de lengua y de cultura.

Tragó saliva y deseó apoyarse en Adham en busca de fuerza y consuelo. Pero no podía hacerlo. Él le había dejado muy claro que cualquier contacto entre ellos era imposible, y tenía razón. Ella estaba comprometida con Hassan y nunca se le había pasado por la cabeza traicionarlo.

El palacio apareció ante ellos, parcialmente escondido tras una alta muralla de piedra y con una inmensa cúpula reflejando los últimos rayos de luz. Bajo el sol del mediodía debía de despedir un destello cegador.

A Isabella se le encogió el corazón. Estaba a punto de encontrarse cara a cara con su futuro marido. El jeque que la había obsequiado con su anillo. El hombre al que ella no deseaba, no como ese otro hombre que con su duro carácter y heridas de guerra iba poco a poco abriéndose camino en su corazón.

Adham le abrió la puerta y ella salió de la limusina intentando no rozarlo. Estaba demasiado débil para tener el menor contacto físico, y no podría tocarlo sin desvelar su deseo y profundo pesar.

De repente, la idea de separarse de Adham le resultó tan angustiosa que quiso tirarse de rodillas al suelo y echarse a llorar. No sabía por qué, pero la vida parecía irle en ello.

Mantuvo los brazos fuertemente pegados a sus costados para que Adham no la agarrase de la mano. Si la tocaba, aunque fuese de manera accidental, estaría perdida. Se fijó en que él también estaba muy rígido, con la mandíbula apretada y todos los músculos tensionados, como si estuviera librando una lucha interior.

Pero la expresión vacía de sus ojos hacía imposible adivinar sus pensamientos. Isabella odiaba aquel frío estoicismo que le impedía acercarse a él. Y odiaba aún más su imperiosa necesidad de consuelo, algo que él no quería ni podía darle.

Intentó controlar el castañeo de los dientes y tragó saliva una y otra vez para no llorar. Se sentía patéticamente débil y nerviosa ante lo que se le antojaba como el final de su vida.

Recorrieron un largo camino bordeado de fresnos inmaculadamente podados que discurría entre amplias extensiones de césped. La exuberante vegetación era una muestra más de la inmensa riqueza del jeque, ya que el agua en un país desértico era más valiosa que el oro o el petróleo.

Las grandes puertas de palacio estaban abiertas y custodiadas por dos guardias armados. Isabella y Adham las franquearon y entraron en el vestíbulo.

El palacio de su familia en Turan era precioso, pero se componía principalmente de piedra labrada a mano y tapices antiguos. Nada que ver con las incrustaciones de mármol, el techo abovedado, las relucientes baldosas negras, las paredes verdes y azules con filigranas doradas separando las piedras... Una explosión de lujo y color para hacer ostentación de la riqueza de su propietario.

–¿Y bien? –preguntó, dejando escapar el aire–. ¿Este es mi palacio?

Una seca carcajada escapó de los labios de Adham.

–Así es, *principessa* –el uso de aquella palabra italiana hizo que a Isabella le diera un brinco el corazón. Adham no parecía sentirse muy cómodo hablando italiano, a juzgar por su marcado acento, pero a Isabella le resultó muy sexy aquella pronunciación exótica de su lengua nativa.

Apartó rápidamente la mirada. No tenía sentido regodearse en los atributos de Adham cuando estaba a punto de conocer a su futuro marido.

Apretó los dientes para volver a reprimir el escozor de las lágrimas.

Un hombre ataviado con holgadas vestiduras entró en el vestíbulo y a Isabella se le encogió el corazón. Pero al acercarse vio que no se trataba de su novio. Sólo había visto un par de fotos de Hassan, pero recordaba su rostro.

–Numair –lo saludó Adham.

–Jeque Adham –respondió el otro hombre.

De modo que sus suposiciones no habían estado tan desencaminadas, pensó Isabella. Adham era un hombre importante y pertenecía a la nobleza. No era simplemente un guardaespaldas.

–He venido a ver a su alteza el jeque Hassan. Le traigo a su novia –el tono y la actitud de Adham parecían excesivamente formales.

Numair parecía reacio a mirarlo directamente a los ojos.

–Hassan no está. Se ha marchado.

–¿Y cuánto tiempo estará fuera?

La esquiva mirada de Numair se desvió hacia Isabella.

–Me temo que... se retrasará hasta la boda.

–Entiendo. Manda a alguien para que acompañe a la princesa a sus aposentos.

Un gran alivio invadió a Isabella. No tendría que ver a Hassan hasta dentro de dos meses, aunque estaría confinada tras los muros de palacio. La idea de que Adham la dejara allí sola le revolvió el estómago.

–¿No vas a acompañarme? –le preguntó a Adham sin poder disimular su inquietud.

–No sería apropiado –respondió él, sin mirarla, con las manos a la espalda. Hadiya te enseñará tus aposentos.

Una chica de pelo negro y dulce sonrisa apareció en aquel momento.

–Salam –saludó a Isabella con una inclinación de cabeza y ella imitó el gesto.

Antes de abandonar el vestíbulo, se detuvo y miró por última vez a Adham. Él también la estaba mirando y sus ojos volvían a despedir unas llamas abrasadoras. Isabella sintió cómo se le encogía el estómago. Se giró rápidamente y siguió a la joven Hadiya con el corazón desbocado.

—Estas son las habitaciones de las mujeres —le explicó Hadiya—. Los hombres no tienen permitida la entrada... claro que no siempre respetan las normas —añadió con un brillo en sus ojos negros.

¿Sería Adham uno de los infractores? No parecía muy probable. Era un hombre que vivía para hacer cumplir las normas, no para quebrantarlas. Y eso excluía hacer una visita prohibida a las habitaciones de las mujeres.

—Su alteza el jeque hizo que preparasen esta habitación para usted hace meses... para después de la boda.

Isabella estuvo a punto de suspirar de alivio. Tendría su propia habitación en su propia ala del palacio. No tendría que vivir con su marido.

Hadiya abrió una puerta grande y maciza e Isabella se encontró en una espaciosa habitación cubierta con extravagantes doseles de colores que colgaban del techo y rodeaban una gran cama de matrimonio. Unas puertas daban acceso a lo que parecía un jardín amurallado.

Su jaula de oro.

—Gracias, Hadiya.

La joven hizo una reverencia.

—Le traeré sus cosas.

—Gracias —repitió Isabella tontamente.

Hadiya se marchó e Isabella intentó no sucumbir a la amargura. Se acercó a la ventana y descorrió las pesadas cortinas azules. El jardín era precioso. Un oasis con cascadas artificiales, frondosos árboles y arbustos en flor. En el medio había un banco de piedra.

Era evidente el esfuerzo que se había puesto en aquella obra, aunque no respondía a los gustos específicos de Isabella. No era más que un espacio destinado a agradar a una mujer cualquiera. Pero a Isabella le gustaba, naturalmente, por lo que sería muy infantil si se pusiera a sacarle defectos sólo por principios.

Apoyó la frente en el cristal y sintió el calor del exterior. Tal vez consiguiera aliviar el escalofrío que se propagaba dentro de ella.

—Isabella.

La voz de Adham la sobresaltó. Se giró con el corazón en un puño y vio a Adham con sus maletas en las manos.

—Creía que los hombres no podían entrar aquí.

—No podemos —dejó las maletas a los pies de la enorme cama.

—Estás infringiendo las reglas... ¿No supone eso una violación a tu código de honor?

—Me arriesgaré.

—¿Te marchas?

Él asintió con brusquedad y ella confió en que su rostro no reflejara su desesperación.

—Tengo otros asuntos que tratar.

—¿Hacer de canguro con otra princesa, tal vez?

Un atisbo de sonrisa curvó los labios de Adham.

—Tú eres la única princesa que hay en palacio.

—Estupendo —dijo, francamente aliviada. No quería imaginárselo con otra mujer. Claro que el hecho de que no hubiera más princesas no implicaba que no se fuera con otra mujer. Una de esas mujeres con las que tenía... «encuentros».

—Estamos instalando una nueva torre de perforación en los campos petrolíferos. Es una obra importante y quiero estar presente.

—Haces muchas cosas, Adham... ¿Y qué he hecho yo?

–Has visto la torre Eiffel. Tienes una foto.

–Sí... –las lágrimas eran inminentes–. Pero no tengo una foto de ti.

–Bella... –la suavidad con que pronunció su nombre casi fue su perdición.

–Sólo una –sacó la cámara del bolso y enfocó a Adham, cuyo rostro permaneció inalterable–. ¿No te han enseñado que tienes que sonreír en las fotos?

Y entonces él sonrió y a Isabella se le escapó una lágrima mientras capturaba aquel momento que tanto había anhelado.

–Deberías sonreír más –murmuró, tocando la imagen de Adham en la pantalla.

–¿No sonrío?

Ella negó con la cabeza.

–Apenas.

–Antes lo hacía.

–¿Qué ocurrió para que dejaras de hacerlo?

Una sombra cruzó fugazmente su rostro.

–Tuve que crecer mucho más deprisa de lo que hubiera querido. Tú dices que te han sobreprotegido y que no has tenido experiencias en la vida, pero te aseguro, Bella, que eso es mejor que haber visto lo que yo he tenido que ver.

Levantó el brazo como si se dispusiera a tocarla, pero volvió a dejar caer la mano y la apretó en un puño.

–Te veré en la boda.

Se dio la vuelta y la dejó allí, sola y con el corazón destrozado.

–¿Dónde estás? –le preguntó a su hermano cuando este respondió finalmente al teléfono.

–En el palacio de verano –respondió Hassan.

Adham intentó tranquilizarse. Su hermano estaba en

la residencia a la que iban de niños en vacaciones, antes de perder a sus padres.

—Ya estoy en Maljadeed, con tu novia.

—Se suponía que ibas a entretenerla en Francia —su hermano parecía enojado, lo que era muy raro en él.

A Adham se le aceleró el pulso al pensar en cómo habría entretenido a Isabella en París. La mujer se había convertido en una tentación demasiado peligrosa, pero traicionar a Hassan, su rey y la única familia que le quedaba, era impensable. Además, Isabella sólo era una mujer. Muy bonita, cierto, pero había muchas mujeres bonitas con las que satisfacer su deseo.

—Ella quería venir cuanto antes —era mentira, pero dadas las circunstancias estaba más que justificada.

—Pero yo no puedo regresar todavía.

—Y yo no puedo quedarme aquí, si es eso lo que estás pensando.

—Adham, por favor, quédate con ella. No te lo pediría si no fuera importante.

—¿Qué es tan importante para que tu novia se convierta en mi responsabilidad?

Hassan tardó un poco en responder.

—Estoy con Yamila.

—Yamila.

—Es... Estoy enamorado de ella, Adham. Y cuando me case con Isabella no querrá estar conmigo. Me ha dicho que no será mi concubina y no puedo hacerla cambiar de opinión. ¿Qué quieres que haga? El contrato ya está firmado. Necesito estos últimos momentos con ella. No puedo dejarla ahora.

La reacción de Adham a la confesión de su hermano fue un arrebato de furia. Hassan estaba traicionando a Isabella después de haberse prometido a ella. Pero Adham le debía lealtad a Hassan, no a Isabella.

–¿Y pretendes que yo me quede con tu prometida mientras tú juegas con tu amiguita?

–Yo no estoy jugando con ella –protestó Hassan–. Solo me quedan estos dos meses. No me pidas que los sacrifique.

–No pienso hacerlo –dijo Adham.

–Entonces quédate con Isabella para que no se sienta abandonada. No creo que le gustase permanecer en el palacio sin más compañía que los criados.

–Desde luego que no.

–Podrías llevarla a ver algo de la ciudad. Que conozca su nuevo hogar. Seguro que le gustará visitar el oasis de Adalia.

Por supuesto que le gustaría, pensó Adham. No pararía de sacar fotos.

–Estaré en deuda contigo, Adham –le dijo su hermano en tono suplicante.

Adham apretó los dientes y el móvil.

–Sí que lo estarás.

Se despidió secamente y cerró de golpe el teléfono. Su intención había sido escapar de los deseos insatisfechos que lo acosaban desde París, poner la mayor distancia posible entre él y su futura cuñada y desahogar su frustración con otra mujer, una mujer seductora y apasionada, tan experimentada en la cama y tan escéptica en los sentimientos como él, para que cuando volviera a ver a Isabella el día de su boda ya no sintiera nada.

Isabella no era para él. Adham no podía ni quería darle lo que se merecía. Ella necesitaba a alguien que la tratase con dulzura, atención y afecto. Cosas que Hassan podría darle, en cuanto hubiese olvidado a su amante.

En cambio, Adham había perdido por completo la capacidad de amar desde que vio caer a su madre a sus pies al ser alcanzada por la bala de un asesino. Su padre había corrido la misma suerte. Adham consiguió impedir que Hassan presenciara la traumática escena, pero a él se le quedó grabada para siempre en el cerebro. Fue un milagro que la bala que recibió no acabara también con su vida.

Los años que pasó en el ejército al servicio de su país lo ayudaron a cicatrizar las heridas y a endurecerse contra cualquier emoción. En ocasiones había tenido que elegir entre su vida o la vida de un enemigo. El hecho de que siguiera vivo testificaba las decisiones que había tomado.

No podía ofrecerle amor a ninguna mujer. No sabía cómo ser marido o padre. Sus manos, que se habían cobrado más de una vida, jamás podrían abrazar a un niño.

Aunque Hassan no estuviera, no podría tocar a Isabella.

Se metió en el cuarto de baño para intentar relajarse con una ducha fría. Había muchas mujeres en el palacio que estarían encantadas de acostarse con él, pero jamás se aprovecharía de ellas de esa manera. Además, fueran cuales fueran sus intenciones, no se acostaría con una mujer mientras estuviera pensando en otra.

Cuando Isabella salió de su habitación a la mañana siguiente para desayunar, Adham estaba sentado junto a la mesa del comedor con una taza de café.

–Creía que te habías marchado –dijo ella, intentando que la alegría que la invadía al verlo no fuese demasiado evidente.

–Hassan está ocupado y no podrá volver hasta la boda. Me ha pedido que me quede contigo para que te sientas más cómoda –no había la menor emoción en su voz, lo que dejaba muy claro que aquel encargo no le hacía ninguna gracia.

–¿Te ha ordenado que te quedes?

–No. Pero no me sentiría bien si te dejara aquí sola.

–Estaré bien –tres criados entraron en el comedor con café, fruta y cereales–. Y no creo que vaya a estar sola.

–Si hubiera algún problema de seguridad, preferiría estar presente.

–¿Es posible que lo haya?

–Siempre es una posibilidad. Cuando Hassan esté aquí será su deber protegerte, pero ahora que no está es mi responsabilidad mantenerte a salvo.

–Gracias.

Se alegraba de que se quedara. De hecho, se alegraba más de la cuenta, lo cual la hacía sentirse incómoda. ¿Por qué tenía que albergar sentimientos hacia él?

–Si quieres, puedo llevarte al oasis de Adalia, que está a dos horas en coche de aquí. La familia real lo ha usado durante generaciones en tiempos de guerra o cuando había alguna amenaza.

La perspectiva de escapar del palacio le abrió el pecho y le permitió respirar con normalidad otra vez.

–Me encantaría.

–Tendrás que cambiarte de ropa. Hadiya te ayudará a elegir algo más adecuado.

La excitación volvía a bullir en sus venas. No iba a quedarse encerrada en el palacio hasta la boda. Iba a estar con Adham.

Y, por absurdo que fuera, sentía que si estaba con él todo encajaba en su sitio.

Capítulo 7

ISABELLA supo que se estaban acercando al oasis cuando los escasos matorrales que crecían junto a la carretera dejaron paso a una hilera de altos cipreses.

—Tenías razón —dijo, con la vista fija en el las formaciones rocosas que se elevaban en el horizonte—. Es precioso.

—Y peligroso.

—La vida es peligrosa, ¿no es así, Adham?

Vio cómo los nudillos de Adham palidecían al agarrar con fuerza el volante del todoterreno.

—Puede serlo.

—Tú lo sabes, ¿no?

—¿Por qué lo dices?

—Porque siempre me estás diciendo lo que la vida puede arrebatarte, y supongo que hablas por experiencia propia.

—Cuando estuve en el Ejército, vi e hice cosas que... no siempre resultaban fáciles. Pero fue para proteger a mi país y no puedo arrepentirme.

—Pero te arrepientes —señaló ella, mirando los árboles frutales que empezaban a proliferar a su alrededor—. ¿Alguna vez te han disparado? —le preguntó, aunque no quería saberlo. No soportaba imaginar que alguien lo hubiese herido.

—Sí. Y yo también he tenido que disparar —hizo una pausa—. No importa cuál sea el motivo; quitar una vida no es para sentirse orgulloso.

Ella sacudió la cabeza.

—No, no lo es. Pero seguro que tuviste una buena razón para hacerlo —sabía que Adham jamás le haría daño a nadie a menos que fuera para salvar su vida o la de alguien inocente.

—¿Tan segura estás?

—Eres un buen hombre, Adham. Incluso cuando me sacas de mis casillas.

—¿Yo te saco de tus casillas?

—A veces. Pero sé que yo a ti también.

—A veces —corroboró él.

A Isabella le gustó percibir una nota de humor. Sobre todo después de haberlo visto tan serio al hablar de su experiencia en el Ejército.

—¿Es artificial? —preguntó, señalando el peñasco que parecía brotar de la arena del desierto y que se arqueaba ligeramente sobre ellos, ofreciendo una agradable sombra a los árboles y animales.

—No, es obra de Dios. Incluso en el desierto hay vida, si sabes dónde mirar.

Rodearon la roca y se detuvieron frente a un gran estanque, bordeado por piedras, plantas y palmeras. En medio de aquella inesperada jungla había una jaima de gran tamaño, apenas visible entre los árboles.

—Es un buen refugio —comentó Isabella mientras abría la puerta. El aire era seco y tórrido, pero las rocas, el agua y la vegetación absorbían parte del calor y dejaban una temperatura muy agradable.

Adham salió del vehículo y observó los alrededores. Parecía formar parte del paisaje, como si perteneciera a aquel lugar y solamente él pudiera domar aquella belleza salvaje.

Isabella se dio cuenta entonces de que estaban solos. No había criados ni carabinas. Adham era su único acompañante, porque así lo había querido el jeque.

Pero Adham había violado aquella confianza en París. La había besado. La había deseado. Y ella no podía olvidarlo. Su cuerpo no se lo permitía.

–Esta jaima está diseñada para albergar al personal y a los miembros de la familia real con todas las comodidades posibles –dijo él. Agarró la bolsa de Isabella del asiento trasero y se la echó al hombro sin el menor esfuerzo. Los músculos de la espalda se adivinaban bajo su camisa estilo safari.

Isabella lo siguió hacia la tienda. Las botas de trabajo le llegaban a la mitad de las espinillas y le dificultaban considerablemente la marcha.

–¿Por qué llevamos botas?

–Por las serpientes.

Ella aceleró el paso para colocarse junto a él.

–¿Serpientes?

–Estamos en el desierto, *amira*.

–Ya lo sé. Y también sé que hay varias especies de serpientes autóctonas. Lo que no esperaba era que me trajeras a un sitio donde corriéramos peligro.

–No hay tanto peligro, pero sí la posibilidad de encontrarnos con alguna. Les gustan los sitios frescos y necesitan mucha agua. Este es un lugar muy atractivo para la fauna salvaje.

–Es precioso –dijo. Oyó un crujido en un matorral cercano y dio un pequeño salto, pero consiguió no gritar ni hacer nada embarazoso–. ¿Hay muchos oasis en Umarah?

–Unos pocos. La mayoría están situados a lo largo de las rutas comerciales. Pero este ha sido un secreto muy bien guardado desde hace siglos. Puedes encontrarte con serpientes, pero no con personas.

–Me encanta que hasta el desierto más caluroso pueda ser habitable. Me resulta increíble que haya un lugar como este en medio de la arena, pero así es.

Él se giró y le dedicó una sonrisa. A Isabella le dio un vuelco el corazón y deseó tener la cámara a mano.

–Te dije que sólo había que mirar para encontrar la belleza.

También en Adham había belleza, aunque estuviera escondida. Él intentaba mantener a la gente a raya, o al menos a ella, pero bajo aquella capa de roca se intuía que era un hombre bueno y compasivo sin dejar de ser fuerte y firme en sus principios. Tenía todas las cualidades de un buen líder. Era una lástima que no fuera el soberano de Umarah, el hombre con quien ella debía casarse.

La tienda se asemejaba más a una vivienda permanente que a un refugio en medio del desierto. Las alfombras tejidas a mano proporcionaban una agradable superficie a los pies cansados y de las vigas colgaban lámparas, convenientemente apartadas de las paredes de lona. El salón era grande y espacioso, con divanes y sofás colocados en semicírculo para acoger una reunión numerosa.

–Me encanta –dijo Isabella.

–Me alegro –repuso él, dejando la bolsa en el suelo–. Es un lugar muy especial para la familia Sudar.

–Me pregunto si Hassan querrá pasar aquí las vacaciones –comentó ella mientras pasaba las manos por el terciopelo rojo de un diván. Su familia se iba de vacaciones a las islas cercanas a Turan y también a Italia, lejos de la vida palaciega y del rígido protocolo real. Eran los recuerdos más preciados de Isabella.

Ella y Hassan tendrían hijos y él querría pasar tiempo con ellos en aquel oasis. La idea le provocó una punzada de dolor en el pecho. No le gustaba imaginarse como la madre de los hijos de Hassan. Ni siquiera lo conocía, y el único hombre con quien se imaginaba teniendo hijos era Adham.

¿Por qué? ¿Qué le había pasado? ¿Por qué quería entregarle su corazón a un hombre que no le demostraba el menor sentimiento?

Hassan era un hombre apuesto, según había visto en la foto. No sería tan horrible estar casada con él. La idea nunca la había asqueado aunque tampoco la hubiera hecho saltar de entusiasmo. Pero ahora... ahora le parecía una terrible equivocación. Adham era el único hombre al que deseaba. El único hombre al que... No, no iba a pensar en ello. No tenía sentido.

Adham observó a Isabella pasando los dedos por el mueble y se puso rígido al imaginarse aquellas delicadas manos sobre su cuerpo. Al mismo tiempo el estómago se le revolvía al pensar en que Isabella disfrutaría con Hassan de la intimidad de aquel oasis... y en que sería la madre de sus hijos.

Pensar de esa manera suponía una traición a su hermano y a su país, pero no podía evitarlo. No soportaba la idea de que otro hombre la tocara, ni aunque ese hombre fuera su hermano y estuviese ligado a ella por un contrato entre dos países.

La había llevado allí por sugerencia de Hassan y también para demostrarse a sí mismo que podía controlar su deseo. No le quedaba otro remedio, por mucho que la deseara como nunca había deseado a nadie. Isabella iba a convertirse en un miembro de su familia, en una parte de su existencia, en una mujer a la que tendría que proteger el resto de su vida.

—A Hassan no le gusta mucho el desierto —dijo—. Prefiere el lujo de la vida en palacio. Tenemos varios repartidos por todo el país. Uno de ellos está en la costa. Te gustará. Puede que te recuerde a tu hogar.

—Es curioso. No echo de menos mi hogar... Turan. Me he sentido mejor lejos de mi familia de lo que nunca me había sentido. Creo que es porque finalmente he podido ser yo misma, sin tener que cumplir las expectativas de nadie –lo miró con una pequeña sonrisa–. Pero me ha gustado estar contigo.

Adham sintió un tirón en el pecho.

–¿Tienes hambre? –le preguntó, cambiando bruscamente de tema. Era lo que siempre le preguntaba cuando intentaba distraerla.

–Sí.

–Hassan hizo que algunos criados vinieran antes que nosotros para llenar la nevera.

–¿Hay nevera?

–No lejos de aquí hay molinos de viento que proporcionaban una pequeña cantidad de energía eléctrica, la suficiente para conservar la comida fría y cargar el teléfono. Para las luces, en cambio, tendremos que usar lámparas de aceite.

–Muy eficaz.

–Creemos que hay que aprovechar los recursos que ofrece el desierto –hablaba con razón. No en vano, había empezado un ambicioso programa para mejorar las condiciones de vida en los lugares más remotos gracias a la energía eólica y solar.

–Me gusta. Tendrás que hablar con mi hermano sobre ello. Está muy interesado en implantar esa política energética en Turan.

Adham abrió el pequeño frigorífico y sacó una bandeja de fruta, dátiles rellenos, carne y queso. Su hermano se lo había dejado todo preparado para la seducción de su novia. Sólo faltaba la botella de champán y el cubo de hielo.

–¡Qué maravilla! –exclamó Isabella.

Su entusiasmo por las cosas más triviales le provocó a Adham una extraña sensación. Isabella parecía disfrutar de todo cuanto tenía a mano, ya fuera la comida o el paisaje, cosas a las que Adham apenas prestaba atención. Él mantenía sus emociones bajo un estricto control, mientras que ella las expresaba libremente. En París le había dicho, justo antes de que él cometiera la equivocación de besarla, que ella lo sentía todo. Y al parecer estaba en lo cierto.

Isabella se sentó en el diván, con las piernas dobladas bajo ella, el pelo sobre los hombros y el rostro radiante de felicidad. La imagen era tan deliciosa que Adham sintió un incómodo ardor en la entrepierna. La deseaba. Deseaba a Isabella, no a cualquier mujer sin nombre y sin rostro que saciara sus más bajos instintos.

Deseaba a Isabella Rossi, la prometida de su hermano. Pero por nada del mundo cruzaría esa línea prohibida. No podía renunciar a sus principios más sagrados sólo por buscar una mera satisfacción física en los brazos de una mujer. Ni siquiera por una mujer que lo atraía en cuerpo y alma como ninguna otra.

Isabella no podía dormir. La jaima era muy cómoda y el aire de la noche era fresco. Gotas de lluvia golpeaban insistentemente el techo de lona. Sabía que los aguaceros y las riadas repentinas eran frecuentes en la región, pero no era el miedo lo que la mantenía despierta.

Estaba ardiendo por dentro. Abrasándose viva por una necesidad tan acuciante como el hambre, la sed o la respiración. No sabía lo que sentía por Adham y no estaba segura de querer saberlo. Su intención tan sólo había sido conocerse a sí misma, averiguar si le gustaba el color azul porque realmente le gustaba o porque su madre le había dicho que la favorecía. Pero había descubierto mucho más que eso, y sin pretenderlo había desatado una feroz batalla entre sus emociones y sus deseos.

Se levantó y se puso a caminar por la tienda. Adham estaba allí, recostado en el diván, con los ojos cerrados y los músculos en tensión.

—¿Tú tampoco puedes dormir? —le preguntó ella mientras se ponía la bata. Debajo llevaba el picardías color melocotón, pero se sentía razonablemente segura con el grueso tejido cubriendo sus curvas.

—No suelo dormir mucho —respondió él. Abrió los ojos y se incorporó.

Isabella se fijó en que apretaba la mandíbula y los antebrazos al mirarla. Una ola de satisfacción femenina la invadió. Nunca se había sentido más hermosa que en aquel momento, descalza, en bata y haciendo que Adham se sintiera incómoda.

—Para ti es tan difícil dormir como sonreír —le dijo, compadeciéndose de él. Adham era la prueba de que la experiencia vital podía ser algo malo, y a ella le gustaría poder ofrecerle algún consuelo.

Pero el pesado anillo que llevaba en el dedo se lo impedía. Se había convencido de que su mayor anhelo era la libertad, pero la libertad se le antojaba ahora vacía y esquiva. No significaba nada para ella si no podía compartirla con alguien. Y ese alguien era Adham.

—Todo lo demás me resulta muy fácil —dijo él con una nota de humor negro en su voz.

—Eso no voy a discutírtelo —retiró una manta de un sofá y se sentó en la alfombra, envolviéndose hasta los tobillos—. El deber y el honor, por ejemplo. Para mí no significan nada, pero para ti... parecen serlo todo.

—Porque he visto lo que les ocurre a los hombres cuando le dan la espalda. Si yo no protegiera al jeque, ¿quién lo haría? Si no me desviviera por la seguridad de mi pueblo, ¿en qué situación quedarían? No puedo renunciar a mi deber, ni resentirme por ello.

—Yo me resiento por muchas cosas en mi vida —murmuró ella. Agachó la cabeza y el pelo le cayó sobre el rostro, creando una barrera entre ella y Adham.

De repente sintió calor. Era el calor de Adham. Se había arrodillado en el suelo, su pierna casi rozándole las suyas, y le apartaba el pelo por encima del hombro.

—Tu deber te exige mucho. Comprendo que sientas la necesidad de escapar, aunque sólo sea por un tiempo.

—Al principio no pensabas así. ¿Qué te ha hecho cambiar de opinión?

—Conocerte. Ahora sé que no eres una niña mimada, sino una mujer que sabe tomar sus propias decisiones.

Las lágrimas afluyeron a los ojos de Isabella y resbalaron por sus mejillas. Adham se las apartó delicadamente con los dedos.

—A ti también te ha salido muy caro cumplir con tu deber —dijo ella, mirando las cicatrices que recorrían su piel perfecta.

—Estas cicatrices no son nada —repuso él—. Yo estoy vivo. Mi familia no.

—¿Tu familia? —un escalofrío la hizo estremecer.

—Mis padres fueron asesinados delante de mí. No pude hacer nada por impedirlo.

—Adham... —el nombre escapó de sus labios en un suspiro de angustia. Quería abrazarlo, pero sabía que él no se lo permitiría.

—Fue cuando me hice esto —apartó el cuello de la camisa para revelar una herida de bala—. A mí también me dispararon y pensaron que había muerto. Gracias a eso sigo vivo y por eso cumplo con gusto mi deber. Tengo que proteger a mi pueblo y a mi rey de esos hombres que no tienen escrúpulos a la hora de matar por dinero, tierras o poder.

Isabella le acarició la cicatriz con la punta de los dedos y susurró una oración de agradecimiento porque Adham hubiera sobrevivido a la muerte de sus padres.

Movió los dedos hasta el primer botón de la camisa y lo desabrochó, dejando a la vista más cicatrices blanquecinas sobre su piel bronceada.

Sin pensar en lo que hacía, le tocó el pecho y sintió cómo él se tensaba bajo su tacto. Empezó a desabrocharle el resto de botones y a revelar la franja de pecho y abdomen. Tragó saliva con dificultad, pues se le había secado la garganta, mientras el corazón le latía frenéticamente y otra lágrima resbalaba por su mejilla.

Le abrió la camisa y descubrió otra serie de cicatrices que atravesaban las costillas. Con la punta del dedo siguió el contorno de un corte que subía desde la cintura hasta la hendidura del ombligo.

El cuerpo que rodeaba la piel dañada era perfecto. Bronceado y musculoso, sin un gramo de grasa y con la cantidad justa de vello en el torso. Isabella recorrió su poderosa musculatura con los dedos, sintiendo las cosquillas del pelo en las yemas.

Él aspiró profundamente y su pecho se expandió bajo las imparables manos de Isabella. No tuvo más remedio que apartarse y romper el contacto, porque todo su ser se moría por descubrirle las zonas más íntimas de su cuerpo. Debería detenerla; debería haberlo hecho en cuanto ella le puso la mano encima. Pero estaba cautivo de sus sensaciones. Todo había comenzado con un gesto inocente. Porque Isabella era inocente. Una virgen. Una mujer a la que él no podía ni debía tocar.

La luz de las lámparas que bailaba sobre sus cabezas arrancó un destello del anillo. Adham la agarró de la muñeca y le apartó la mano.

–Bella... ¿Sabes lo que me estás haciendo?

Ella se acercó a él con un brillo de dolor y confusión en los ojos.

–Espero que sea algo parecido a lo que tú me estás haciendo y que no sea yo la única que lo siente.

Se lamió los labios y se inclinó para besarle la primera cicatriz mientras extendía la mano sobre sus pectorales.

–Nunca había tocado a un hombre... –murmuró.

Una excitación tan poderosa como indeseada se apoderó de él, más ardiente que nada de lo que había experimentado en sus treinta y un años de vida. Que una virgen inocente pudiera atraerlo de aquella manera, hasta el punto de hacer que traicionara a su hermano, lo hacía sentirse preso de un hechizo para el que no había escapatoria. Y lo peor de todo era que una parte de él no quería romper ese hechizo. Si un simple roce bastaba para enloquecerlo, ¿cómo sería introducirse en ella y hacerla suya?

Suya...

El corazón se le iba a salir del pecho.

–Aquella noche en el callejón... –susurró ella–. Fue la primera vez que me besaban.

De nuevo empezó a mover la mano sobre el torso. La dirigió hacia el estómago y Adham estuvo a punto de sucumbir al deseo. Volvió a agarrarla de la muñeca y le retiró la mano con más fuerza de la que pretendía. Isabella se tambaleó y a punto estuvo de caer. El dolor era evidente en sus ojos desorbitados.

–Bella... ¿te he hecho daño?

–N... no.

Adham tomó aire e intentó despejarse la cabeza, pero sólo consiguió llenarse con la embriagadora esencia de Isabella.

–No debes tocarme así. Nunca.

–Adham, yo... te deseo demasiado –le confesó ella con voz ahogada–. Te deseo tanto que no puedo soportarlo.

Él cerró los ojos un momento para intentar protegerse de la tentación visual. La imagen de Isabella con su cabello suelto y despeinado, sus labios carnosos y enrojecidos, sus mejillas ruborizadas... era más de lo que podía soportar.

Entonces vio una lágrima resbalando por su mejilla y fue incapaz de seguir resistiéndose. La atrajo hacia él y la rodeó fuertemente con los brazos mientras aspiraba ese olor único y especial que lo atormentaba más que la peor de las torturas.

Le acarició los sedosos mechones negros. Tenía que tocarla aunque sólo fuera por un momento. Por un momento se permitiría olvidar que era un deseo prohibido y que ella era para otro hombre.

Isabella le rodeó el cuello con los brazos y le rozó el cuello con sus labios húmedos. Adham volvió a cerrar los ojos y a intentar contener la creciente marea de deseo que amenazaba con desbordarlo.

–Adham... –levantó la cabeza y le clavó la mirada de sus ojos azules. Un instante después, se inclinó hacia delante y lo besó brevemente en los labios. Fue un beso fugaz, torpe y tímido, que evidenciaba su falta de experiencia.

Él se quedó muy rígido y con los puños apretados, porque de lo contrario entrelazaría los dedos en aquellos cabellos negros y tomaría posesión de su boca como llevaba queriendo hacer desde el primer momento que la vio.

Ella se retiró con una expresión tan dolida que Adham casi no pudo soportarlo.

–¿No me deseas? Creía... creía que sí.

Adham apretó los dientes en un desesperado esfuerzo por contenerse y no aceptar todo lo que ella le ofrecía y más. El corazón le latía desbocado y el sudor le chorreaba por la frente. Tenía el cuerpo tan sensible que hasta tragar saliva le resultaba doloroso. Se moría por tocarla. Pero no podía hacerlo.

No podía.

Ella lo miraba fijamente en espera de una respuesta que él no debería darle.

—Te deseo —espetó—. Pero desearte no es lo mismo que poseerte.

El pulso se le aceleró aún más y se intensificó el dolor de sus músculos. Estaba empleando toda su fuerza de voluntad, física y mental, para sofocar el deseo de besarla en los labios. Pero la resistencia se resquebrajaba irremediablemente y no podría aguantar mucho más.

Ella bajó la mirada.

—Me dijiste... que soy una mujer independiente que toma sus propias decisiones. Y he decidido que te deseo.

La dulce e inocente Isabella hablando como una seductora, pero sin la experiencia que Adham estaba acostumbrado a oír en una mujer, fue su perdición. El fuego que ardía en su estómago estalló en un infierno que prendió la sangre en sus venas y arrasó todo cuanto encontraba a su paso.

La vida le exigía demasiado. Adham siempre había aceptado su papel y nunca se le había pasado por la cabeza escapar a su deber... hasta aquel momento. Frente a aquella mujer tan hermosa y casta que decía desearlo, y deseándola él igualmente, deseó ser un hombre distinto al que era.

Entonces ella subió las manos por su pecho, sobre su frenético corazón, y lo besó en la mandíbula. Todo dejó de existir para Adham, salvo aquel momento, salvo ella, salvo el terrible deseo de hacerla suya.

Isabella ahogó un grito cuando Adham tiró de ella hacia su regazo y la puso en contacto con su durísima erección, la prueba palpable de que la deseaba tanto como ella a él. La excitación se mezcló con el miedo y la hizo estremecer. Pero entonces él la besó con una avidez del todo inesperada, devorando sus labios e introduciéndole la lengua en la boca, y todos los temores la abandonaron de inmediato. Era Adham. El hombre al que deseaba por encima de todo.

Podría haber vivido toda su vida sin la foto de la torre Eiffel o sin haber pisado un cine, pero no sin hacer el amor con Adham.

Le quitó la camisa y la dejó caer al suelo, y la imagen de su torso desnudo bajo la luz de la lámpara bastó para elevar su excitación a cotas insospechadas. Le recorrió los hombros y la espalda con las manos, deleitándose con el tacto de sus músculos, la suavidad de su piel y el calor que emanaba de su cuerpo.

De repente se encontró tendida de espaldas. El movimiento de Adham fue tan rápido y hábil que no le dio tiempo a darse cuenta de lo que pasaba hasta que vio las lentejuelas de luz colgando encima de ella.

Adham la besó en la barbilla, el cuello, la clavícula, y ella se arqueó contra él y le agarró sus espesos cabellos negros para que siguiera satisfaciéndola con su increíble boca. Le desató rápidamente el cinturón de la bata y dejó a la vista el diáfano picardías melocotón. Pero a ella no la avergonzó en absoluto que la viera. La emoción y el deseo superaban todas sus inseguridades y cualquier barrera entre lo que estaba bien y mal, entre la razón y la locura. Si Adham pudiera ser el hombre que le enseñara lo que era la unión de los cuerpos... No duraría para siempre, pero tal vez... tal vez fuera suficiente.

–Te he imaginado con esto puesto... –dijo él–. Y también he imaginado cómo te lo quitaba –el tono de su voz y el fuego de sus ojos no dejaban lugar a dudas: la deseaba tanto como ella a él.

Le apartó la bata de los hombros y deslizó uno de

los finos tirantes hacia abajo hasta dejar al descubierto uno de sus pechos. Lo cubrió con la mano y movió el pulgar sobre el pezón, que se puso duro al instante e incrementó dolorosamente el placer que palpitaba entre sus muslos.

Isabella enganchó la pierna en su pantorrilla y tiró de él para frotarse contra el bulto de sus vaqueros. Por su parte, él tiró hacia abajo del picardías hasta destapar los dos pechos y apretó la cara contra ellos mientras aspiraba profunda y lentamente. Había algo reverente en lo que hacía, como si estuviera memorizando el momento al detalle. Le pasó la lengua por uno de los pezones y empezó a succionarlo con suavidad. Los dos se pusieron a temblar al mismo ritmo y ella le clavó las uñas en la espalda, incapaz de controlar el placer tan intenso que fluía por sus venas y nervios.

–Adham... –la voz le temblaba tanto como el cuerpo–. Por favor...

Fue toda la incitación que Adham necesitaba. Se despojó de los vaqueros, le quitó el picardías por encima de la cabeza y las braguitas de un fuerte tirón. Le introdujo un dedo entre los pliegues empapados y ella separó las piernas para intentar aliviar la tensión. Adham añadió un segundo dedo y la tocó con suavidad, preparándola para la inminente penetración.

Entonces retiró los dedos y los sustituyó por el extremo de su erección al tiempo que la besaba en la boca. Isabella se aferró a sus hombros y volvió a clavarle las uñas en la espalda mientras ahogaba un grito de dolor. El miembro de Adham era grande y grueso, mucho más de lo que ella se esperaba, y hasta ese momento no se había imaginado que fuera a hacerle daño.

Lo cual hizo que se alegrara aún más de que fuera Adham, porque ¿cómo habría podido pasar por esa experiencia con cualquier otro?

Lo rodeó con las piernas para abrir más espacio entre los muslos y entonces el dolor desapareció, barrido por las oleadas de placer que volvían lentamente mientras sus cuerpos se ajustaban. Parecían estar hechos el uno para el otro, como si encajaran a la perfección y nunca más volvieran a separarse.

Y cuando Adham empezó a moverse dentro de ella, las estrellas que proyectaba la lámpara se transformaron en brillantes destellos de luz que se arremolinaban a su alrededor. Sintió cómo la tensión volvía a crecer, tanto que apenas le permitía moverse, pensar o respirar. Y entonces estalló en mil pedazos, justo cuando Adham se vaciaba dentro de ella con un ronco gemido que se mezcló con el grito de Isabella.

Permanecieron pegados, respirando con agitación, sin otro sonido que las gotas de lluvia golpeando el techo de la jaima. Finalmente, Adham se tumbó de costado y se cubrió el rostro con el brazo. Isabella intentó tocarlo y él se apartó aún más.

–Vístete, Bella.

Ella se incorporó y se recolocó el picardías y la bata con manos temblorosas. La entrepierna le palpitaba de dolor y placer.

–Adham...

–Nos vamos –dijo él. Se levantó y se puso rápidamente los vaqueros. Su rostro volvía a ser una máscara de piedra.

Isabella no necesitaba preguntarle por qué. Sólo tenía que mirarse la mano izquierda y ver el anillo de diamantes. El anillo de compromiso de Hassan, el hombre al que Adham había jurado proteger con su vida.

Sintió náuseas al pensar en lo egoísta que había sido. Le había pedido, suplicado a Adham que olvidara todo cuanto era importante para él. Y por muy grave que fueran las consecuencias, para él sería mucho peor.

Lo amaba. Al fin reconocía el sentimiento que no había dejado de crecer en su interior desde el primer momento que lo vio. Por ese amor merecía la pena pagar cualquier precio, pero era evidente que Adham no pensaba lo mismo. Había violado su código de honor por ella, y eso no era amor. Lo que Isabella había hecho era un acto de egoísmo y no sabía si Adham podría perdonarla algún día. Ni siquiera sabía si podría perdonarse a sí misma.

Capítulo 8

ADHAM pilotaba el helicóptero militar a través del cielo nocturno sin prestar atención a la lluvia que golpeaba incesantemente el cristal del aparato. Quedarse en el oasis con Isabella era impensable. Ya había demostrado que no podía confiar en sí mismo si estaba con ella, y no tenía intención de seguir poniéndose a prueba. La traición cometida seguía torturándolo por dentro, junto a una excitación permanente que se negaba a desaparecer.

Una parte de él se estremecía de vergüenza, mientras que otra parte rememoraba sin cesar los momentos que había pasado dentro de Isabella, las sensaciones de su cuerpo apretado, la incuestionable certeza de que era el primer hombre que la penetraba, la intensidad del orgasmo al vaciarse en su interior... Había sido algo celestial, y sólo por eso se había ganado una condena en el infierno.

Se había deshonrado a sí mismo y había traicionado a su hermano, su única familia, solamente por placer. No había redención posible para sus actos.

Isabella lo había provocado, cierto, pero él había actuado por propia voluntad y sólo él era el responsable de lo que había ocurrido entre ellos. Su debilidad había sido la causa.

Lo hecho hecho estaba y no podía deshacerse. Isabella había perdido la inocencia, y la virginidad era algo sagrado que todo hombre de Umarah esperaría encontrar en su novia en la noche de bodas.

Adham nunca había tocado a una virgen. Y a Isabella no sólo le había arrebatado la virginidad, sino que no tenía la intención ni la posibilidad de casarse con ella. Era la prometida de su hermano. Un pecado más que añadir a su larga lista.

–No le diré que fuiste tú –la voz ahogada de Isabella lo sacó de sus divagaciones–. Le haré creer que fue algún chico cuando estaba en el internado... o un hombre al que conocí en una fiesta. No le diré que mi... mi primera vez ha sido contigo. Porque se dará cuenta, ¿verdad?

Parecía sentirse tan culpable como él al pensar en su hermano. Lo malo era que su cuerpo seguía convencido de que Isabella era suya, aunque su cabeza supiera que no era posible. Aunque no estuviese prometida a Hassan, seguiría siendo imposible.

Una mujer que veía la belleza en todas partes no se merecía a un hombre como él. ¿Qué podía ofrecerle a Isabella salvo un corazón envuelto en sombras? ¿Los recuerdos de ver morir a sus padres ante sus ojos? Escuchar la historia ya había sido demasiado horrible para ella, y su brillante visión del mundo quedaría manchada para siempre por culpa de Adham.

–Sí, claro que se dará cuenta.

Ella bajó la cabeza. El rubor de sus mejillas era visible gracias a las luces del panel de mandos.

–¿No... no te gustó?

El deseo y el remordimiento volvieron a dominarlo.

–No hay una buena respuesta para esa pregunta, Isabella.

–Puede que no.

Adham consiguió aterrizar suavemente a pesar de la tormenta. Isabella se soltó finalmente de la agarradera

que había sobre la puerta con el corazón todavía latién-
dole a un ritmo enloquecido... por los nervios y por la
proximidad de Adham. No como él, que parecía totalmente indiferente al tiempo y a ella. Lo deseaba con todas sus fuerzas. El sexo con él había sido como una repentina inmersión en un nuevo mundo. Era como si le
hubieran quitado un velo de los ojos y pudiera ver y
sentir las cosas como eran realmente. Por desgracia,
aquella revelación incluía el intenso dolor que le traspasaba el pecho cada vez que pensaba en su situación.

Estaba prometida a otro hombre. Y amaba a Adham
más de lo que pudiera soportar. Él acababa de enseñarle el tipo de placer que podía darle un hombre, aunque sólo fuera una sensación física. Y ahora tendría que
renunciar a ello y entregarse a otro hombre. Pero aunque no lo hiciera no podría tener a Adham, porque él
le había dejado muy claro que no la deseaba. Sin contar
con la humillación que sufriría su familia si no cumplía
el acuerdo.

Era su deber. Y debería haberlo tenido presente al
comprometer su honor de aquella manera.

Una lágrima le cayó por la mejilla y se la secó distraídamente. Se casaría con Hassan. Haría lo único que
podía redimirla a ojos de Adham, aunque eso signifi-
cara perderlo para siempre.

–¿Quieres que conozca a Hassan esta noche?

–Lo sacaré a rastras de la cama si es preciso –dijo
él con una voz fría e impersonal. La relación que pudiera haber empezado a fraguarse entre ellos ya no significaba nada para él. Era lógico. Estaba profundamente disgustado. Con ella y consigo mismo.

Isabella permaneció sentada en la cabina hasta que
Adham rodeó el aparato y le abrió la puerta. Le ofreció
la mano y ella se quedó mirándola, incapaz de tocarlo.

–Bella –la apremió él.

Aceptó la mano y dejó que la ayudara a bajar del helicóptero. El agua le salpicó las piernas cuando sus pies tocaron el cemento mojado del helipuerto.

La mano de Adham era cálida y firme y le provocó un deseo inmediato, quedándose plantada en el charco que la cubría hasta los tobillos. Todo su cuerpo estaba listo para entregarse a Adham.

–Vamos –dijo él con voz cortante. Se giró y echó a andar hacia las escaleras que conducían a la entrada del palacio.

Era un edifico más moderno que el palacio de Maljadeed, con pasillos más pequeños, menor ostentación de riqueza y un salón del trono que se asemejaba más a la sala de estar de una casa. Adham la hizo pasar rápidamente y le indicó uno de los divanes alineados contra la pared. Una criada entró al momento, con expresión alterada, pero Adham la interrumpió antes de que pudiera decir nada.

–Ve a decirle a su alteza que no me iré de aquí hasta verlo.

A Isabella le latía con tanta fuerza el corazón que estaba segura de que podía oírse. Le había dicho a Adham que no revelaría con quién había perdido la virginidad, pero no sabía lo que él pensaba decirle a Hassan. Tal vez se propusiera confesar los pecados de Isabella por ella. ¿Rompería Hassan el acuerdo? ¿La encerraría o la condenaría al exilio? La avergonzaba admitir que, aunque sabía muchas cosas sobre Umarah, no conocía todo lo que debería saber sobre su cultura y sociedad. Pero una cosa de la que estaba segura era de que, si el honor de Adham residía en la tradición de su país, no tenía motivos para preocuparse por la versión que contara de los hechos.

El corazón le latía con fuerza y le sudaban las manos.

–Adham... –susurró. Sabía que no volvería a tocarla. Había dejado de ser su aliado en todos los aspectos.

Claro que tampoco lo había sido nunca. Isabella se había engañado a sí misma y había hecho un ridículo espantoso.

Entonces, de una forma tan ligera que casi resultó imperceptible, Adham le acarició la barbilla con el dedo. Su última caricia. Extremadamente breve y sutil, pero tan necesaria para ella como el aire que respiraba.

–¿Adham? ¿Ha ocurrido algo?

La voz profunda y masculina precedió al hombre que entraba cn cl salón. Isabclla supo inmediatamente de quién se trataba. Su porte regio lo delataba al instante, y además reconocía el rostro de la foto. Pero cuando el jeque Hassan atravesó el salón a grandes zancadas, a Isabella casi se le detuvo el corazón. Se parecía tanto a Adham, en su actitud más que en sus rasgos, que Isabella apenas podía creerlo.

–Todo va bien –respondió Adham sin delatar al menor emoción.

Los ojos de Hassan se abrieron desorbitadamente al ver a Isabella.

–*Principessa*... –dijo. Su italiano no estaba tan pulido como el de Adham.

Ella inclinó la cabeza. El nudo en la garganta le impedía hablar.

–Adham, tengo que hablar contigo en privado –las palabras de Hassan expresaron el mismo deseo de Isabella. Quería hablar con él a solas y preguntarle quién era realmente. Se parecía tanto a su novio que sin duda había un vínculo de sangre.

Adham intentó sofocar la adrenalina que recorría sus venas. Se dio la vuelta y miró a Isabella, quien tenía los ojos entornados y brillantes. Por muy ingenua que fuese, era lo bastante lista para advertir el parecido entre Hassan y él. En una foto se podía pasar por alto, pero en persona era imposible ignorar las semejanzas en su forma de hablar y de moverse.

Una criada de Hassan entró en el salón. Seguramente Hassan la había llamado, pues nunca hacía nada sin tenerlo todo planeado.

Adham le puso a Isabella una mano en la espalda. Ella dio un respingo y el calor del roce abrasó la mano de Adham, pero consiguió mantener una actitud impersonal.

—Isabella, ve a tu habitación y espera allí.

Era evidente que ella quería replicarle, pero lo que hizo fue tragar saliva, asentir y seguir a la criada. Adham se percató de la rigidez de sus hombros y fue incapaz de no mirar el contoneo de sus caderas, el estrechamiento de su esbelta cintura y la curva de su redondeado trasero.

—Veo que ya os conocéis muy bien —observó Hassan cuando las puertas se cerraron tras Isabella.

—He pasado una semana con ella... Siguiendo tus órdenes, por cierto.

—Tú no sigues más que tus propias órdenes, Adham.

Era una broma, y Adham se la había tomado como tal hasta el día anterior. Pero en esos momentos sólo podía estar de acuerdo. Había traicionado a su hermano, y mientras una parte de él quería confesarlo, otra necesitaba proteger a Isabella de las consecuencias. Hassan sabría que su novia no era virgen en cuanto se casaran, pero no iba a ser Adham quien la pusiera en evidencia.

Y tampoco quería dejarse en evidencia a sí mismo. Lo que había pasado con Isabella superaba toda su experiencia. La forma en que el deseo y la pasión se habían apoderado de él hasta casi ahogarlo no se parecía a nada de lo que hubiera vivido hasta entonces. Siempre había creído ejercer un control absoluto sobre sus emociones. Pero Isabella le había hecho perder ese dominio sobre sí mismo y lo había dejado a merced de sus impulsos. Lo más curioso era que, al mismo tiempo, lo hacía sentirse más hombre y victorioso de lo que jamás se había sentido en un campo de batalla.

Por desgracia, el resultado final de toda guerra era una devastación total.

–Lamento interrumpir tu retiro con Yamila, pero no puedo seguir siendo tu canguro. Tienes que aceptar tu responsabilidad y la realidad de los hechos –las palabras le resultaron especialmente dolorosas, pues parecían estar dirigidas a él mismo–. Isabella es tu novia y merece ser tratada con respeto. Eso significa que no puedes largarte con tu amante y dejarme a mí a su cargo.

Hassan se frotó la frente con gesto cansado. De repente parecía mucho más viejo de lo que era. Adham nunca lo había visto tan abatido, ni siquiera tras la muerte de sus padres.

Un largo e incómodo silencio llenó el salón. Hassan mantuvo la vista en la pared que había detrás de Adham, hasta que finalmente habló.

–No puedo hacerlo, Adham. Ya sé que piensas que soy débil. Tú siempre has afrontado tu destino, incluso si tenías que ir a la guerra. Te has sacrificado para proteger a nuestro pueblo, mientras que yo ni siquiera puedo casarme con la mujer que debo. Comparado contigo soy débil. Pero quiero a Yamila. La necesito...

Adham se sintió invadido por una furia salvaje.

–No se trata de lo que tú quieras, sino de lo que debes hacer. La alianza con Turan es de vital importancia para los dos países, especialmente para nosotros. Necesitamos la lealtad de su Ejército, los tratados comerciales y los empleos que se generarán. ¿Vas a tirarlo todo por la borda? –mientras hablaba era dolorosamente consciente de su hipocresía. Si alguien había puesto en peligro el futuro del país era él. Si alguno de los dos era débil, era él. Pero aquella certeza sólo conseguía avivar las llamas de su ira.

–¿Qué puedo hacer, Adham? ¿Sacrificarme, sacrificar a Yamila... y a nuestro hijo? –la voz se le quebró al pronunciar la última palabra–. ¿Todo por el deber y el honor? Eso tal vez me convirtiera en un modelo de virtud para mucha gente, pero para aquellos que más me importan sería un traidor.

–¿Está embarazada? –al preguntarlo se dio cuenta de que Isabella también podía estarlo. No había pensado en la protección cuando lo hicieron. De hecho, no había pensado en nada. Simplemente se había dejado llevar por un deseo incontenible sin preocuparse por las consecuencias.

–Sí. ¿Me obligarías a abandonar a mi hijo? ¿Tendría que dejar que se convirtiera en el bastardo real, que viviera con los criados y que sufriera las burlas de todo el mundo?

Adham se imaginó a Isabella embarazada de un hijo suyo. Él nunca había querido ni quería tener hijos, pero sabía que no podría negarle a un hijo sus derechos de nacimiento. Ni podría dejar que otro hombre lo educara en su lugar.

Intentó concentrarse en los problemas de su hermano y no en los suyos propios.

–¿Qué propones, Hassan?

Su hermano volvió a apartar la mirada.

–Si se tratara tan sólo de mí, no te lo pediría.

Adham se puso completamente rígido. La posibilidad de heredar el trono siempre había existido, pero nunca había imaginado que pudiera llegar a suceder. Nunca lo había querido. Él necesitaba proteger a su país mediante la acción, no firmando documentos y decretando leyes.

Cuando surgía alguna necesidad importante, como la de abrir más pozos de petróleo en el desierto, era Hassan el que se ocupaba de los aspectos burocráticos mientras que Adham lo llevaba todo a la práctica.

Hassan era algo más que la figura visible del reino. Era un hombre dotado de unas cualidades políticas extraordinarias que le permitían entablar relaciones con líderes mundiales y atraerlos a su esfera de influencia, pero Adham nunca había envidiado su trabajo. Y una parte de él, la parte más egoísta, la parte que lo había dominado cuando le hizo el amor a Isabella, se rebelaba contra lo que intuía que iba a proponerle. ¿Acaso no se había sacrificado ya bastante? ¿Cuánta sangre más tendría que derramar en la arena por el bien de su pueblo? No quería gobernar su país. No quería confinarse a esa clase de existencia. Pero si no lo hacía él, ¿quién podía hacerlo? No había otra elección.

–Quieres abdicar –no era una pregunta.

–No quiero hacerlo, pero la situación me obliga a hacerlo.

–¿Y qué pasa con Isabella?

–Te casarás con ella –dijo Hassan como si fuera lo más natural del mundo. Como si ella pudiera pasar de un hombre a otro sin nada que decir al respecto–. De esa manera se respetará el acuerdo y no peligrará la alianza entre nuestros países.

E Isabella sería suya.

Por un momento se permitió disfrutar con la victoria, hasta que volvió a pensar con la cabeza. Físicamente deseaba a Isabella, pero no quería casarse con ella. Por muy desgraciada que fuera con Hassan, con él lo sería aún más. Hassan, al menos, llegaría a quererla con el tiempo, mientras que Adham había perdido la capacidad para albergar emociones reales. No tenía nada que ofrecer, salvo un corazón lleno de cicatrices.

Cuando presenció la muerte de su madre, se juró a sí mismo que los asesinos de sus padres jamás volverían a cometer un crimen semejante en Umarah, y desde entonces había dedicado su vida a perseguir y destruir sin piedad a los grupos rebeldes. Volvería a hacerlo sin dudarlo, pero el precio a pagar había sido muy alto, pues en esa vida no quedaba lugar para una esposa, y mucho menos para una mujer como Isabella.

–Yo no estoy hecho para ella.

–¿No la deseas? Es una mujer muy hermosa.

–Sí –admitió Adham–. Lo es. Pero aquí no se trata del deseo.

–¿No quieres casarte? –le preguntó Hassan tranquilamente.

No, no quería casarse ni quería gobernar el país. Pero eso no importaba. Lo que él quería nunca había importado.

–Tampoco se trata de lo que yo quiera. Tienes razón. No puedes casarte con otra mujer si Yamila está embarazada de tu hijo. Pero el acuerdo con Turan no puede romperse. Haz lo que tengas que hacer, hermano, y yo me ocuparé del resto. Te sucederé en el trono de Umarah y me casaré con Isabella.

Isabella había estado sacando sus cosas de la maleta desde que una de las jóvenes criadas de Hassan le llevó el equipaje. La joven se dispuso a hacerlo ella misma, pero Isabella la echó amablemente. Necesitaba tener las manos ocupadas.

Adham no le había dicho que Hassan y él fueran parientes, pero el parentesco era innegable. Lo que significaba que Isabella iba a verlo a menudo cuando se casara con Hassan.

Hassan... Era un hombre atractivo, pero ella no había sentido nada al verlo. Parecía una buena persona, afable y sin demonios internos que lo acosaran por las noches. Pero no había prendido nada en su corazón. Qué fácil sería todo si así fuera...

Lo que ella sintiera o dejara de sentir no tenía la menor importancia. Tenía que cumplir con su parte del trato y hacer lo mejor para su pueblo, así como para el pueblo de Adham. Ya había cometido demasiados errores y no iba a aumentar la lista ignorando su deber.

La puerta del dormitorio se abrió y el pánico se apoderó de ella mientras se daba la vuelta. Esperaba encontrarse a Hassan, que iba a verla para reclamar sus derechos de novio. Pero de ninguna manera podría darle lo que deseaba de ella. Algún día tendría que hacerlo, pero no en esos momentos. No cuando la huella de Adham aún ardía en su piel.

Pero no era Hassan quien estaba en la puerta. Era Adham. Isabella sintió una mezcla de deseo y remordimiento al verlo, pero entonces él entró en la habitación y el alma se le cayó a los pies al ver la fría expresión de su rostro. El hombre que le había enseñado a ser mujer, el hombre al que amaba con todo su corazón, se había convertido en un extraño más inexpugnable que el Adham que vio en la puerta de la habitación del hotel.

–¿Qué haces aquí? –le preguntó ella, agarrándose los codos para que los temblores no la delataran.

–Hassan y yo hemos hablado.

A Isabella no se le pasó por alto que se refería al jeque por su nombre de pila.

–¿De qué? –una parte de ella deseaba que hubiera confesado sus pecados, mientras que otra parte no tenía ni idea de lo que quería. Lo que había trascendido entre ellos la había cambiado para siempre, aunque el mundo real no hubiera cambiado nada y ella tuviera que casarse con Hassan.

En cierto modo, su viaje de autodescubrimiento le había dejado muy claro que debía cumplir con su deber. Ser una mujer adulta e independiente no significaba nada si no hacía todo lo que estuviera en su mano por su gente. Formaba parte de la realeza por nacimiento, no por decisión propia, pero al igual que Adham, estaba decidida a desempeñar el papel que le había tocado. Tenía un gran poder y podía ejercer una gran influencia, y si no los empleaba en una buena causa su vida no tendría ningún sentido.

—Hassan no quiere casarse contigo.

Isabella se quedó con la mente en blanco.

—¿Cómo...? ¿Qué...? —superado el aturdimiento inicial, su mente volvió a funcionar a toda velocidad—. ¿Y el acuerdo? ¿Qué pasará con la alianza militar? ¿Y las rutas comerciales y el precio del petróleo? Mi país cuenta con todo eso. Y también el tuyo... ¡Esa boda tiene que celebrarse! —lo dijo con una convicción absoluta, aunque su corazón y su alma desearan lo contrario.

—Te casarás con el soberano de Umarah. Pero Hassan ha decidido abdicar del trono, porque está enamorado de su amante y ella está embarazada. En esas circunstancias, va a hacer lo que considera mejor para su futura familia.

Un picor se extendió por los brazos y la nuca de Isabella.

—¿Quién es el nuevo soberano de Umarah? ¿Con quién voy a casarme ahora?

—Te casarás conmigo, *amira*. Yo soy el nuevo jeque de Umarah.

Capítulo 9

NO HABÍA la menor emoción en su voz. Nada que hiciera pensar que era algo bueno o malo. Simplemente, era. Pero así era Adham. Si había que hacer algo, lo hacía. Él se encargaba de recoger el testigo y seguir adelante cuando los demás fallaban.

—Este podría ser un buen momento para que me explicarás tu relación con Hassan —dijo ella.

—Es mi hermano. Dos años mayor que yo.

—Creía que tu familia había sido asesinada.

—Los mataron a todos, menos a Hassan y a mí. Es la única familia que me queda.

Una punzada de culpa se le clavó entre las costillas. Adham no era simplemente un amigo de Hassan; era su hermano. Eso hacía que los momentos robados en el oasis fueran un pecado aún mayor.

—¿Por qué no me lo dijiste? —había otras muchas preguntas que quería hacerle, pero antes necesitaba aquella respuesta.

—¿Que Hassan era mi hermano? Porque quería ganarme tu confianza y sabía que no podría hacerlo si conocías nuestra relación.

—Me mentiste...

—Hemos mentido los dos.

Isabella supo que, aunque ya no fuera a casarse con Hassan, lo sucedido entre ellos seguía siendo una aberración para Adham. El pecado no podía olvidarse.

—Sí. Y no podemos dar marcha atrás.

—No, pero sí podemos seguir adelante.

–¿Tienes intención de casarte conmigo para cumplir el acuerdo?

–Te dije que lo haría.

Isabella recordó la conversación que habían mantenido en París, cuando él le dijo que no quería casarse pero que lo haría si tuviese que hacerlo. Ella se había convertido para él en lo mismo que Hassan se había convertido para ella.

–Sí, lo dijiste.

–Para el país va a ser una conmoción. Hassan es un líder muy querido por su pueblo, pero a mí apenas me conocen a pesar de haber servido a Umarah toda mi vida. Yo lo he querido así, pues me resulta mucho más fácil cumplir con mi deber si permanezco en un plano discreto. Por desgracia, eso hará que el traspaso de poderes sea más difícil.

Isabella respiró profundamente.

–Yo ayudaré en lo que pueda.

–Nuestra boda será lo que más ayude. El pueblo de Umarah espera que te conviertas en la mujer de su jeque.

–No hay nadie mejor que tú para gobernar el país, Adham. De eso estoy segura. Lo has dado todo por tu tierra y tu gente...

–Creo haber demostrado que puedo ser tan débil como el que más –se lamentó.

–Tú no eres débil, Adham –le susurró ella.

–No volveré a serlo –su tono era tan firme y concluyente que Isabella sintió un escalofrío–. Hassan y Yamila se marcharán mañana. Nosotros nos quedaremos aquí para preparar el comunicado oficial del traspaso de poderes y de nuestra boda.

–¿No vamos a volver a la ciudad?

–Aún no. Nos casaremos allí, pero hasta entonces nos quedaremos aquí y visitaremos los campamentos beduinos de los alrededores. A menudo se sienten discriminados por vivir al margen de la sociedad, pero quiero hacerles ver que son una parte fundamental del país.

A Isabella se le hinchó el corazón de orgullo. Adham era un líder nato y sabría cumplir con su deber, mientras que ella tendría que averiguar cuál era su lugar y de qué manera podía ayudarlo.

Aunque tenía el presentimiento de que, si dependiera de Adham, su lugar estaría lo más lejos posible de él. La brecha que los separaba no había dejado de ensancharse desde que hicieron el amor. Aquel instante fugaz en el que ella pudo tocar las estrellas sólo había sido una ilusión, y ahora le tocaba pagar el precio. Había perdido todo vínculo real que pudiera tener con Adham.

Él se giró para marcharse, y ella, sin pensar, le puso la mano en el brazo.

–¿No te quedas?

Adham frunció el ceño y apretó el antebrazo bajo la mano de Isabella.

–Yo tengo mis aposentos y tú tienes los tuyos.

Sus palabras, frías y taxativas, le escocieron como una bofetada.

–¿Y después de la boda? –le preguntó, odiándose a sí misma por el tono esperanzado de su voz.

–Eso dependerá de si estás o no embarazada. No tomamos precauciones.

Ella asintió, invadida por un ataque de náuseas. Se había entregado a él sin reservas, pero él no la deseaba. Vivir con Hassan estando enamorada de Adham habría sido mucho menos doloroso que ser la esposa de Adham sin que él sintiera el menor deseo por ella.

Adham se marchó, cerrando la puerta tras él, e Isabella se sentó en la cama. Estaba demasiado conmocionada y agotada para derramar lágrimas. La fuerza vital la había abandonado por completo.

Una cosa era vivir sin Adham. Pero vivir con él y

no poder traspasar el muro que levantaba a su alrededor... no sabía si podría soportarlo.

Adham se pasó una temblorosa mano por la frente,
asqueado consigo mismo por tener que rechazar a Isabella. Tan sólo hacía unas pocas horas que la había poseído y ya volvía a desearla.

Toda su vida había cambiado de la noche a la mañana. Todas las cosas que jamás había deseado, como
una mujer, una familia, el trono de Umarah, se le pre-
sentaban por la fuerza, y sin embargo el deseo más acuciante seguía siendo el cuerpo de Isabella. Se odiaba
por ser tan débil y por perder el control con ella.

Hasta que pudiera recuperar el control, no podía
volver a tocarla. Tenía que pensar en su país. Ahora era
el responsable de todo, no sólo de proteger las fronteras
y erradicar amenazas. Y estaba dispuesto a esforzarse
al máximo por su patria y su gente, igual que había hecho durante los años al frente del ejército.

Así pues, se casaría con Isabella. Pero no se dejaría
dominar por el deseo. Nunca le había dado a una mujer
tanto poder sobre él. Las mujeres eran mujeres... Fáciles de encontrar y reemplazar. El sexo, por mucho que
le gustara, no era más que sexo. Para un hombre tan
rico y poderoso como él no suponía un gran problema.

Lo malo era que no podría buscar a otra mujer si iba
a casarse con Isabella. Tenía intención de serle fiel,
igual que a ella le exigiría una lealtad incondicional.

Pero lo primero era sofocar las llamas que prendían
cada vez que estaba con ella.

A la mañana siguiente, Adham preparaba el comunicado oficial mientras desayunaba. Hassan y su amante

también estaban en la mesa. La mujer no parecía atreverse a levantar la mirada y Hassan evitaba mirar a Isabella a los ojos. Isabella estaba sentada en el otro extremo de la mesa, con un montón de criadas revoloteando a su alrededor. La conversación se desarrollaba en un árabe demasiado rápido para que ella pudiera seguirla,

Agachó la cabeza y se concentró en su desayuno. No se imaginaba un momento más incómodo, con Hassan sentado junto a la mujer que él había elegido, atendiéndola y velando por su bienestar. Y ella, en cambio sentada a kilómetros de distancia de su nuevo novio... quien no quería saber nada de ella. Simplemente la había heredado junto al reino.

Prestó atención cuando oyó que Adham pronunciaba la palabra «boda».

—No veo ningún motivo por el que deba posponerse.

Hassan asintió.

—Eso hará que la gente se sienta tranquila y segura.

Oh, estupendo. Sólo era una cuestión de seguridad para el pueblo. Suspiró con frustración. Había estado preparada para aquello, pero ahora que se trataba de Adham en vez de Hassan le parecía mucho peor. Porque a Adham lo amaba y porque sabía que él no quería ocupar aquella nueva posición. Viéndolo sentado en la cabecera de la mesa, entre montañas de papeles, le recordó a un tigre enjaulado. Adham sería un magnífico rey. El mejor. Pero no era su deseo.

Y ella no era más que otro sacrificio que él estaba dispuesto a hacer.

—¿Dónde está tu anillo, Isabella? —le preguntó Adham, dirigiéndose por primera vez a ella desde que se sentaron a la mesa.

Isabella flexionó los dedos.

—Me pareció que... —miró a Hassan y luego a Adham—. Que no sería apropiado.

–Ese anillo lo diseñó especialmente para ti el joyero de palacio.

¿Especialmente para ella? ¿Basándose en qué criterios? ¿En los de su madre? ¿En los de su padre? El anillo era precioso y perfecto, pero no tenía nada que ver con su personalidad. Y además era el anillo de Hassan, y ella quería el de Adham. Más que eso, quería su corazón, pero él no parecía dispuesto a dárselo.

Yamila abrió la boca por primera vez.

–No pretenderás que Isabella lleve un anillo que le entregó otro hombre.

–La verdad es que me lo mandó por mensajero –dijo Isabella–. Así que, siendo algo tan impersonal, supongo que no importa.

–Pero claro que importa –insistió Yamila–. Los hombres no entienden nada de estas cosas.

Isabella estaba totalmente de acuerdo. Y puesto que iban a ser cuñadas se alegró de tener algo en común con ella.

Hassan carraspeó.

–Es verdad, los hombres no entendemos nada... A veces nos cuesta algo de tiempo saber lo que realmente queremos.

El amor que se profesaban él y Yamila era tan evidente que Isabella tuvo que contener las lágrimas de amargura. La intimidad que existía entre ellos era un cruel recordatorio de lo lejos que ella estaba de Adham.

Apartó su tazón de cereales y se levantó, cansada de seguir fingiendo.

–He acabado. Encantada de haberte conocido, Yamila.

Salió del comedor sin dirigirle la palabra a Adham, por temor a derrumbarse completamente. Todo debería ser perfecto. Iba a casarse con el hombre al que amaba... Pero no era más que una farsa. El hombre al que amaba

sólo se casaba con ella por obligación, e Isabella no podía soportar ser la causa de su desdicha.

Una mano en el hombro la hizo detenerse.

—Isabella.

Era Yamila, y en sus ojos oscuros se apreciaba una
sincera preocupación.

—Espero que estés bien. Sé lo que es perder al hombre al que amas...

Isabella dejó escapar una amarga carcajada.

—No pasa nada. Me alegro mucho por vosotros... No
me habría gustado ser la causa de vuestra separación.

Yamila bajó la mirada.

—Admito que te guardaba rencor, pero entiéndeme.
Ibas a casarte con el hombre al que amo, el padre de mi
hijo, y yo no podía hacer nada. Tampoco ahora puedo
hacer nada. Adham se ha visto obligado a renunciar a
su vida y a ti te trata como un objeto...

—No te sientas culpable. Adham y yo... Bueno, la
verdad es que preferiría estar con Adham.

El bonito rostro de Yamila se iluminó con una sonrisa.

—¡Entonces todo es ideal!

Isabella volvió a reírse sin humor.

—No sé si es ideal, pero... Lo quiero.

—Es un buen comienzo.

—Supongo —repuso ella. No le contó que Adham le
guardaba rencor por sentir que ella era la responsable
de su debilidad.

No hacía falta que Adham se lo dijera para saberlo.
Su silencio e indiferencia eran más elocuentes que cualquier otra cosa. Era en los pequeños detalles, como el
del anillo, donde Adham le demostraba lo poco que ella
le importaba.

—Hassan y yo vamos a irnos del país una temporada,
hasta que todo se calme. Está muy preocupado por mi
salud... y por la salud del bebé.

¿Cómo sería tener a un hombre que la quisiera tanto? Adham siempre la había protegido, pero sólo porque era su obligación.

La puerta del comedor se abrió y Adham y Hassan salieron al pasillo. Los negros ojos de Adham se clavaron en los suyos y prendieron una llama en su interior. Pero no era sólo deseo físico. Era un desesperado anhelo por su amor, tan intenso que llegaba a doler.

Desgraciadamente, el hombre que tenía frente a ella, ese hombre cuyas cicatrices se hundían hasta el corazón, jamás la amaría.

Adham se acercó a ella y la agarró del brazo. Era un gesto tradicional, posesivo y desprovisto de cualquier matiz personal. Resultaba más doloroso que la distancia.

–Os veremos cuando volváis para la boda –dijo Adham, estrechando la mano de su hermano.

–Gracias por esto, Adham. Y gracias a ti también, Isabella.

Ella no supo qué responder, de modo que se limitó a asentir en silencio. La presión aumentaba en su pecho y un caudal de lágrimas amenazaba con inundar todo el palacio.

Hassan rodeó a Yamila por la cintura y se la llevó por el pasillo.

–Me alegro por ellos –dijo Isabella.

–Es lo correcto. Cuando hay un hijo por medio...

–¿Y qué hay del amor que sienten el uno por el otro?

–¿Qué importa el amor, Isabella? El amor entre hombres y mujeres se apaga con el tiempo. Se rompe con facilidad y se descuida por cientos de insignificantes razones cada día. Pero un matrimonio que sirva a un propósito más importante que la unión de dos personas... ese matrimonio sí que tiene la posibilidad de perdurar.

—¿Quieres decir que Hassan y Yamila no estarán juntos mucho tiempo?

—Sí, ellos sí, porque tendrán un hijo que servirá para afianzar su unión.

—¿Y lo que sientan el uno por el otro? —insistió Isabella.

—Eso no importa.

—Claro que importa. ¿Estás diciendo que no crees en el amor?

La expresión de Adham se suavizó ligeramente.

—Recuerda lo que hablamos de las experiencias de la vida, Isabella... Yo he tenido las mías. He visto muchas cosas y sé de lo que son capaces las personas. El ser humano puede albergar una avaricia y una crueldad inimaginables contra las que el amor no puede hacer nada, salvo debilitar las defensas.

—Lo que dices es muy triste, Adham.

—Aún eres joven, Bella. Para ti la vida está llena de posibilidades maravillosas porque tu familia te ha protegido contra todo mal. Pero el amor no salvó a mis padres. Los hombres que los mataron... al principio no vieron a mi madre, que estaba escondida en el jardín, y usaron a mi padre como cebo. Se valieron del amor que mi madre le profesaba para hacerla salir de su escondite.

—Adham...

—Podría haber sobrevivido si hubiera usado la cabeza en vez del corazón. No podía hacer nada para salvar a mi padre; aquellos hombres iban a matarlo de todas formas. Y al final la mataron a ella también.

Isabella entendió por fin el origen de su férreo autocontrol. Adham necesitaba ser frío para sobrevivir y había levantado unas defensas tan impenetrables que ella jamás podría traspasarlas.

—¿Y si fuera Hassan quien estuviese en peligro? ¿No intentarías salvarlo?

–Es distinto. Mi deber es proteger a Hassan y he sido entrenado para ello.

Isabella quería abrazarlo y ofrecerle el consuelo de su cuerpo y todo lo que él necesitara, pero se quedó inmóvil donde estaba, incapaz de afrontar el rechazo que sin duda recibiría si intentaba acercarse a él.

–Esta noche hay un evento importante –dijo Adham, cambiando bruscamente de tema–. Los jeques de varias tribus van a venir a palacio para exponer sus problemas. Tú has de asistir, naturalmente.

–Naturalmente –respondió ella con ironía.

–Encontrarás ropa adecuada en tu habitación –se lo dijo sin mirarla a los ojos.

–¿Así que ahora vas a elegir mi ropa? –le preguntó ella, molesta.

–La ropa apropiada para tu posición y para las costumbres de tu nueva patria. En cualquier otra circunstancia puedes ponerte lo que quieras.

Era una concesión menor, pero una concesión al fin y al cabo.

–Gracias.

–No soy un tirano, Isabella.

–Ya lo sé.

–Pues no me mires como si lo fuera.

–¿Quieres que te sea sincera, Adham? No sé qué pensar. No sé dónde estamos ahora ni cómo quieres que se comporte tu mujer. En definitiva, no sé lo que esperas de mí.

Él la examinó con la mirada.

–Voy a serte sincero yo también. No quiero una esposa, pero quiero hacer lo mejor para mi pueblo y el tuyo. Lo que espero de ti es que estés a la altura de las circunstancias. Por lo demás, eres libre para hacer lo que quieras.

Isabella tuvo la sensación de que para Adham era una especie de regalo concederle aquella libertad.

–Sé que harás lo mejor para todos, Adham –le dijo, muy tensa–. Siempre lo haces.

–No siempre.

–Ahora sí. No podemos dar marcha atrás. Y no tiene sentido darle más vueltas.

–No tengo intención de repetir mis errores.

Se alejó por el pasillo e Isabella se quedó donde estaba, preguntándose si ella era uno de esos «errores». Adham le había dicho que verían si estaba embarazada o no. ¿Significaba eso que sólo se acostaría con ella para concebir un heredero? Con Hassan habría aceptado esa obligación, pero con Adham... La idea de que sólo fuera a su lecho por deber...

Se secó las lágrimas y se retiró a su habitación. Tenía que escoger uno de sus vestidos preseleccionados para dar la imagen de una princesa. Una mujer de la que su novio estuviera orgulloso de llevar del brazo.

A Adham no le gustaban nada las funciones de estado. La diplomacia no era su punto fuerte, como le habían dicho en más de una ocasión desde que era niño. Se movió inquieto, intentando ignorar la incomodidad que siempre le provocaban los ropajes tradicionales. Prefería la ropa occidental al atuendo de sus ancestros, pero la reunión con los jefes tribales exigía respetar la tradición de una manera a la que no estaba acostumbrado.

Una cosa que descubrió, sin embargo, fue que le gustaba hablar con la gente y enterarse de sus necesidades más urgentes, así como descubrir que podía ayudarlos de manera inmediata. Ser el jeque de Umarah tenía sus compensaciones, aunque los sacrificios eran enormes. Para él, la vida que tanto le gustaba en el desierto había acabado.

Su futura novia se retrasaba... algo de lo que estaba agradecido. No había conseguido controlar su libido desde que se separó de ella horas antes. Se giró hacia el jefe de una tribu beduina que estaba hablando sobre las necesidades de contar con escuelas itinerantes y con mejores medios para transportar el agua. Fue entonces cuando advirtió un destello rojo y levantó la mirada.

Isabella estaba en la puerta del salón del trono, con su apetecible figura envuelta en seda, sus largos cabellos sueltos y entrelazados con hebras plateadas, los ojos oscurecidos con kohl y los labios tan rojos como el vestido. Su estilo era tradicional y recatado, y sin embargo... Parecía la viva imagen de la tentación. Una llamada al pecado que ningún hombre podría resistir.

Todas las miradas se volvieron hacia ella mientras cruzaba el salón hacia él. Sus caderas se contoneaban a un ritmo deliciosamente erótico y sus ojos ardían de sensuales promesas.

Y era suya.

«Mía».

No le dedicó ninguna sonrisa al llegar a su lado. Su expresión era mucho más reservada de lo que solía ser. Él le había hecho daño al admitir que no quería una esposa, pero ella debía comprender que Adham no podía ser el tipo de marido que habría sido Hassan.

Sería un marido fiel y le daría hijos, pero por mucho que le disgustara, no podría darle el amor que ella y sus hijos merecían. Si de él dependiera le habría ahorrado pasar por eso, pero aquel matrimonio era de vital importancia para el futuro de los dos países, lo que significaba que Isabella tendría que sacrificarse.

Pero hacerle daño de aquella manera... No soportaba ver el sufrimiento en sus bonitos ojos.

Le puso la mano en el trasero y sintió cómo se ponía rígida. Hacía mucho que no reaccionaba así, como si rehuyera de un contacto que había llegado a gustarle. El cuerpo de Adham se lo tomó como un desafío, cuando debería haberlo complacido. Antes de volver a llevársela a la cama necesitaba algo de tiempo y espacio para librarse del hechizo que ella había tejido a su alrededor.

Levantó la mano para que se hiciera el silencio en el salón.

—Quiero presentarles a mi futura esposa... la *principessa* Isabella Rossi. Nuestra unión simbolizará la alianza entre Umarah y Turan, lo que se traducirá en grandes beneficios para las dos naciones —siguió enumerando las ventajas que aquel matrimonio supondría para todos mientras los jefes tribales asentían con gestos de aprobación.

Isabella les ofreció una amplia sonrisa a los asistentes, y Adham deseó que estuviera dirigida exclusivamente a él. Entonces ella hizo algo que ninguna otra mujer habría hecho en su lugar.

—Es para mí un gran honor estar a vuestro servicio —dijo—. Umarah es un país maravilloso y estoy deseando aprender todo lo que pueda de mi nuevo hogar. Gracias a todos por haberme dado la bienvenida.

Adham no sabía cuál sería la respuesta a una mujer hablando en público, pero los hombres se limitaron a asentir y aplaudir al final del discurso. A continuación se pusieron a hablar con ella al igual que con él, pero a Isabella le refirieron las necesidades específicas de las mujeres y niños de sus tribus.

Cuando se sentaron para cenar, Isabella ocupó el lugar que le correspondía junto a Adham.

—Deberías sonreír más —le susurró. Eran las primeras palabras que le dirigía en toda la velada.

—¿Ah, sí?

—Ya te lo he dicho —la conversación y la música acompañaban los platos que se iban sirviendo.

–No creo que la gente espere que su jeque sea pródigo en sonrisas.

–Siempre es más agradable hablar con alguien que sonríe que con alguien que te fulmina con la mirada.

–Yo no fulmino con la mirada.

–Sí que lo haces, Adham.

–¿Te fulmino a ti?

–Todo el tiempo –le respondió con una sonrisa, y Adham se alegró de verla sonreír de nuevo.

Tal vez ella sintiera lo mismo cuando él sonreía. Una sensación de orgullo, como si hubiera logrado una proeza.

–Intentaré no hacerlo de ahora en adelante.

Ella levantó la mano y lo tocó en la frente, como si intentara alisar las arrugas.

–Me temo que es permanente.

Él le agarró la mano y la sostuvo contra su mejilla. La expresión de Isabella cambió, sus pupilas se dilataron y se le aceleró el pulso en la muñeca. El cuerpo de Adham respondió con unas dolorosas palpitaciones en la entrepierna. Le soltó inmediatamente la mano, disgustado consigo mismo. Tener una erección en un comedor lleno de gente sólo confirmaba su fracaso a la hora de intentar mantener el control. Nunca antes una mujer lo había distraído de esa manera. Pero tener cerca a Isabella, con su piel tan suave, su embriagadora fragancia y su voluptuoso cuerpo al alcance de las manos y de la lengua... era una tentación contra la que no podía resistirse.

Para intentar serenarse, se giró hacia el hombre que estaba sentado a su lado y empezó a hablar del sistema de recaudación de impuestos.

Al final de la cena Isabella tenía a todos los hombres comiendo de la palma de su mano. Todos ellos se despidieron con una reverencia, lo que era un gesto de sumisión extremadamente raro hacia una mujer, y le ofrecieron su hospitalidad por si alguna vez visitaba sus campamentos.

Adham tenía que admitir que su futura esposa podía ser extremadamente valiosa en las relaciones políticas, algo que ni siquiera se había imaginado al conocerla. Había dado por hecho que era inmadura y alocada y que su entusiasmo juvenil sería un serio inconveniente, pero nada más lejos de la realidad. Era ingenua, sí, pero esa inocencia la hacía aún más encantadora y atractiva. Todo el mundo buscaba su compañía y deseaba hablar con ella. Y, fuera quien fuera su interlocutor, ella le dedicaba su atención exclusiva de modo que la otra persona se sentía como el centro del universo. Cualquier político soñaría con tenerla a su lado.

Isabella se apoyó en el marco de la puerta, visiblemente agotada. Ofrecía una imagen preciosa, con la luz del palacio creando un halo alrededor de sus largos cabellos oscuros y con la luna proyectando un resplandor plateado sobre su piel dorada. La noche era cálida, pues la arena del desierto aún conservaba el calor del sol.

—¿Dónde has aprendido a ser tan excelente anfitriona? —le preguntó Adham.

Ella se encogió de hombros, manteniendo la mirada fija en algún punto lejano del desierto. De nuevo parecía adoptar una actitud reservada.

—En Turan ofrecíamos muchas recepciones a los diplomáticos y con frecuencia viajábamos al extranjero. Ya te dije que hablo varios idiomas y que he tratado con muchos mandatarios. Se me preparó para ser una esposa de la realeza.

—Pues te prepararon bien.

—Sí, y la verdad es que me encantó. Me gusta la gente, hablar con ella y que me cuenten sus vivencias, problemas e ilusiones. Una cosa que aprendí es que la gente suele querer siempre lo mismo, sean quienes sean.

–Yo nunca he hecho mucha vida social –admitió él.

A diferencia de Hassan, él no consideraba a nadie como un amigo. Había tenido innumerables aventuras con muchas mujeres a lo largo de los años, pero nada había sido permanente ni serio. Así lo había decidido él. No quería intimar con nadie. Por el contrario, Isabella disfrutaba con todo el mundo. No se cerraba a nadie y por esa razón cualquiera podría hacerle daño.

–No sé si he llegado a conocer realmente a muchas personas –dijo ella–. Parece que los miembros de la realeza vivimos en un mundo aparte. Pero al menos he conseguido formar parte de la vida de algunas personas, y eso me gusta.

–Cuando nos conocimos me pareciste muy egoísta –dijo él, recordando la imagen de niña rica y mimada que había tenido de Isabella–. Pero ese fue el único momento de tu vida en que pensaste en ti misma, ¿verdad?

Ella se echó a reír.

–Una vez me escapé de compras con mi cuñada. La pobre no sabía que lo estábamos haciendo a escondidas. Resultó ser muy mala idea.

–¿Crees que tu experiencia en París fue una mala idea?

–No lo sé, Adham. Descubrí que quería otras cosas distintas de lo que creía querer.

–¿Liberarte de un matrimonio concertado, tal vez?

Ella se apartó del marco de la puerta y lo miró a los ojos.

–No. Descubrí que quería cosas que ignoraba... Cosas que nunca había creído posible desear. ¿Cómo iba a hacerlo cuando me habían elegido un marido? No había motivo alguno para fijarme en otro hombre ni para saber cosas sobre el... sexo.

Le tocó el brazo, provocándole una descarga eléctrica que se propagó hasta su entrepierna.

—Cuando estuve contigo... descubrí lo que realmente quería —se lamió los labios y Adham tuvo una erección instantánea—. Fue el otro momento de mi vida en que fui... egoísta —acabó la frase en un débil susurro.

Adham la agarró de la muñeca, la pegó de espaldas a la puerta y acercó la boca a su cuello para deleitarse con el sabor salado de su piel, suave y humedecida por el calor. El sabor único e incomparable de Bella. «Su» Bella.

Un pequeño gemido escapo de sus labios, un segundo antes de que Adham la besara en la boca con un hambre voraz. Ella lo recibió con la misma pasión. Le metió la lengua en la boca y se apretó contra él. El ajustado vestido rojo limitaba sus movimientos, pero aun así intentó separar las piernas para frotarse contra la erección de Adham. Un deseó salvaje e incontrolado se apoderó de él.

Llevó una mano a su trasero y la bajó por el muslo, agarró un puñado de tela y tiró con fuerza para rasgar el vestido de manera que Isabella pudiera moverse con más libertad. Ella dobló la rodilla y levantó la pierna para rodearle la pantorrilla mientras se apoyaba de espaldas contra el marco de la puerta.

Adham estaba listo para hacerlo allí mismo. Y los gemidos de Isabella, las embestidas de su lengua y el calor que desprendía su entrepierna le decían que ella también estaba lista. Sólo tenía que rasgar un poco más el vestido y...

—Discúlpeme, alteza —una voz nerviosa lo sacó de sus fantasías. Se apartó de Isabella y vio a un joven criado en el pasillo, con la mirada fija en el suelo—. El jeque Hassan está al teléfono y desea hablar con usted.

Miró a Isabella, que se apretaba fuertemente contra el marco de la puerta. Tenía los ojos cerrados, las mejillas coloradas y los pechos le oscilaban con cada respiración. Su vestido estaba desgarrado desde el muslo hasta debajo de la rodilla, y la franja de piel desnuda llamaba a acabar lo que habían empezado... en un lugar público de palacio sin estar casados.

La gente de Umarah esperaría que su jeque y su princesa siguieran un código de conducta apropiado, y aunque casi nadie creería que no hacían nada, no les gustaría saber que Adham casi había poseído a Isabella contra la pared de palacio y con las puertas abiertas.

Como tampoco les gustaría saber que le había arrebatado la virginidad en el suelo de una jaima en medio del desierto, estando ella comprometida con Hassan.

—Buenas noches, Isabella —le dijo, apartándose de ella.

Oyó un gemido ahogado y supo que estaba reprimiendo los sollozos, pero siguió caminando sin volverse. No podía dejar que le hiciera perder el control y que sus acuciantes deseos lo hicieran olvidarse de todo lo demás. No podía bajar la guardia ni un solo momento, porque ya había visto los estragos que podía causar el placer que aguardaba en el cuerpo de Isabella.

Capítulo 10

VUELVES a estar sin anillo –observó Adham en un tono lleno de reproche.

Isabella apartó la mirada de la ventana del Hummer y se miró la mano.

–¿Qué importa?

–Mucho. Eres mi prometida y se supone que debes llevar mi anillo.

Ella tomó aire para intentar aliviar una punzada de dolor.

–Pero no es tu anillo. Es el de Hassan. Y tampoco puedo decir que sea mío, pues para mí no tiene ningún significado ni valor personal.

–Estás enfadada.

–Tal vez –en realidad no lo estaba, pero Adham era demasiado obtuso para darse cuenta. Para él no tenía la menor importancia que el anillo hubiera sido parte de otro compromiso y que Isabella lo hubiese recibido de un mensajero.

Pero para ella, como para cualquier mujer, sí que tenía importancia. Adham había tenido otras relaciones y debería conocer lo suficiente a las mujeres. O quizá sus aventuras habían sido tan efímeras que realmente no tenía ni idea de lo que un anillo podía significar para una mujer.

Aquella posibilidad le produjo un gran alivio y al mismo tiempo una profunda tristeza. Alivio porque no le gustaba pensar que Adham hubiera amado a otra mu-

jer, pero tristeza porque la idea de que Adham sólo tuviera relaciones puramente sexuales, sin compromisos
ni sentimientos, le gustaba aún menos. Él valía mucho
más y se merecía mucho más.

Adham retiró una mano del volante y le agarró la
muñeca para levantársela.

–No lo llevas puesto –insistió.

–Lo he dejado en el palacio. Me lo quité cuando
acabó mi compromiso con Hassan.

–El compromiso sigue en pie.

–Sólo que el novio ha cambiado. Un pequeño detalle sin importancia, ¿no?

Él no respondió y volvió a dejarle la mano en el regazo. Isabella sofocó la intensa sensación que su tacto
siempre le provocaba y devolvió la vista a la carretera.

–La gente del campamento beduino podría extra-
ñarse –explicó él.

–Pues que se extrañen. Todo el mundo en Umarah
sabe que es una situación inusual. La gente sabe que
estaba prometida a Hassan y saben que ahora voy a casarme con su hermano porque él se quedó con otra mujer. No creo que nadie espere que nuestra relación pa-
rezca muy convencional.

–Cuanto antes borremos el escándalo, mejor. No
tiene sentido complicarlo aún más. Al final se acabará
olvidando y entonces vendrán la boda y los hijos, pero
es necesario que nos vean juntos todo lo posible.

–Entonces ¿esto no es más que una farsa para el pueblo? ¿Una treta para que se olviden de la verdad?

–¿En qué beneficia a nuestro pueblo la tensión que
haya entre nosotros? Estamos forjando una alianza entre
dos naciones. Tenemos que aparentar que nuestra unión
es fuerte, y así creerán que la alianza también lo es.

–Es mucho más fácil aparentar ser fuerte que serlo
–murmuró ella.

A lo lejos, entre la calima del desierto, distinguió las torres de perforación contra el cielo azul pálido. Adham señaló hacia la cadena montañosa que bordeaba la planicie donde estaban situados los pozos.

—Por ahí está el campamento. Muchos de los hombres trabajan en las instalaciones, montando las máquinas, midiendo la profundidad y examinando muestras.

—¿Y los proyectos de perforación que estabas preparando?

—Ya estábamos perforando, pero hice las gestiones oportunas para invertir más en la operación. De esa manera se ofrecieron más empleos y se aumentó la exportación de petróleo, con los consiguientes beneficios para la economía del país.

—En serio, Adham, ¿hay algo que no puedas hacer?

Se giró para mirarlo y vio que movía ligeramente los hombros mientras agarraba con fuerza el volante.

—No consigo que te pongas el anillo, por ejemplo.

—No puedo llevar el anillo de Hassan.

—¿No te gusta?

—Es precioso, aunque no sea mi estilo. No puedo llevarlo porque no voy a casarme con Hassan. Si lo llevara puesto me sentiría como si... como si siguiera comprometida con él.

—¿Y por qué no me lo has dicho? —le preguntó con irritación.

—Porque tenías que darte cuenta por ti mismo.

—Eso es absurdo.

—No lo es —insistió ella—. Es como si tuviera que pedirte que me regalases flores.

—¿Y eso tampoco se puede hacer?

—Claro que no. Se le tiene que ocurrir a la otra persona, porque de lo contrario no significa nada.

Se acercaban a los yacimientos. El ruido de las perforadoras ahogaba el murmullo del coche y el olor a crudo entraba por los ventiladores, hasta que la carretera los llevó al otro lado de las montañas.

–La vida sería mucho más fácil si se pidieran las cosas –dijo él.

–Muy típico de los hombres –replicó ella, irritada por aquella actitud práctica que tanto le recordaba a su hermano.

–Bueno, *amira*, soy un hombre...

Isabella tragó saliva.

–Sí –desde luego que lo era. Ella no tenía ninguna duda al respecto.

Aun así, la única vez que habían estado juntos, tan sólo dos días antes, no había sido suficiente. Isabella no había podido apreciar toda la belleza de su extraordinario físico ni deleitarse con el calor de su piel desnuda.

Las mejillas se le inflamaron.

Le resultaba muy extraño pensar que se había acostado con él. Siempre había creído que el sexo unía a las personas, no que lo volvía todo tan complicado.

Aunque tal vez no fuera tan complicado. Ella sabía lo que sentía por Adham y él le había dejado muy claro lo que sentía por ella. No había ninguna complicación. Simplemente era triste.

Una hilera de jaimas oscuras apareció ante ellos e Isabella vio el humo de las hogueras y a niños corriendo de un lado para otro, perseguidos por sus madres.

–¿Cómo pueden vivir aquí, en medio de la nada?

–Es su forma de vida. Han vivido así desde hace siglos. Nosotros tratamos de proporcionarles servicios médicos y otras cosas.

–¿Y si hay una emergencia? –preguntó ella, mirando a los niños.

–Muchos campamentos beduinos tienen teléfonos

vía satélite y generadores de electricidad que les permiten llamar. Si hay algún problema mandamos a los helicópteros.

–¿Y las escuelas?

–Eso es algo que aún tenemos que mejorar –Adham detuvo el vehículo al límite del campamento. Isabella se desabrochó el cinturón y se bajó rápidamente.

–¿Tienes alguna idea?

–Ninguna que sea viable en estos momentos, pero Hassan estaba trabajando en ello y yo estoy encantado de continuar su labor.

–La educación es importante.

–No sabía que te interesara tanto.

–Claro que sí. Sin ella habría estado perdida. Fue mi único medio de evasión. Aprendí lo que no podía hacer y los sitios a los que no podía ir. Todo el mundo debería recibir educación.

Adham vio la pasión que ardía en sus ojos azules y el respeto que sentía por ella creció aún más. La personalidad de Isabella no dejaba de sorprenderlo. Era ingenua e inexperta, pero en algunos aspectos demostraba una madurez sorprendente.

Y además no quería llevar la alianza que Hassan le había dado. Aquello sí que era intrigante. Adham no había imaginado que para ella tuviese tanta importancia. Al fin y al cabo seguía tratándose de un matrimonio concertado que ninguno de los dos quería pero que estaban dispuestos a aceptarlo por el bien de sus países.

Aun así, iba a asegurarse de que Isabella tuviera su anillo. Para él seguía siendo un detalle sin importancia, pero para ella significaba mucho y merecía tenerlo.

Al apartarse del coche recibieron el impacto del aire del desierto e Isabella se humedeció los labios con la lengua. Adham sintió el repentino impulso de agarrarla y llevarla de nuevo al Hummer para acostarse con ella en el asiento trasero. El deseo por penetrar aquel cuerpo de ensueño era tan fuerte que las manos le temblaban. Había arraigado tan hondo que no podía arrancárselo.

El jefe de la tribu salió a recibirlos, rodeado por un grupo de críos que miraban con ojos muy abiertos al poderoso visitante. Isabella supuso que no sabían que Adham era el rey, pero tampoco necesitaban saberlo para sobrecogerse ante su presencia. Adham irradiaba un aura de poder y autoridad que lo convertía automáticamente en el líder de cualquier grupo, aunque no ostentase un título oficial.

Una ola de orgullo la invadió al observar al hombre al que amaba, al hombre con el que iba a casarse, caminar junto al jefe de la tribu y sentarse junto al fuego para departir con los otros hombres como si fueran sus iguales. En la cena de palacio no se había sentido muy cómodo, pero allí estaba en su elemento. En contacto directo con el desierto y su pueblo.

Una de las mujeres la hizo entrar en la jaima donde estaban sentadas, hablando y riendo mientras cosían a la luz de la lámpara de aceite. A Isabella le encantó hablar con ellas, aprender sus costumbres y escuchar las historias sobre sus hijos, a los que amaban por encima de todo. Era el mismo amor que Isabella quería para sus futuros hijos, los que tendría con Adham. Quería para ellos algo más que niñeras y tutores. Quería que tuvieran amor. Aceptación. Orgullo de padres. Todo lo que sus padres le habían negado a ella.

Adham entró en la tienda un par de horas después y a Isabella le dio un vuelco el corazón al verlo. Él saludó a todas las presentes, les preguntó sus nombres y finalmente se volvió hacia Isabella.

—Es hora de irnos.

Ella asintió y se levantó, y él le puso la mano en el trasero. Fue un gesto despreocupado, pero de todos modos le provocó a Isabella un deseo inmediato. Él, como siempre, no mostró el menor síntoma de inquietud.

De vuelta en el coche, Isabella se pegó contra la puerta para poner toda la distancia posible entre ellos.

—¿Has disfrutado hablando con las mujeres? –le preguntó él.

–Sí, mucho. Hemos hablado de las dificultades para escolarizar a los niños y... –titubeó un momento–. Creo que tengo una idea.

–¿Ah, sí? –parecía sinceramente interesado, sin esa condescendencia paternalista que tantas veces había recibido de su familia.

–Se me ha ocurrido que podríamos traer profesores en turnos rotarios de seis semanas. De esa forma los niños recibirían las clases que necesitan y los profesores no tendrían que pasar mucho tiempo en un ambiente al que no están acostumbrados.

–Es una buena idea.

–¿De verdad te lo parece?

–Desde luego. Habíamos pensado en colegios internos, pero la gente del desierto es muy tradicional y quiere tener a sus hijos en casa para poder educarlos de acuerdo a sus costumbres. Pero si establecemos un programa rotatorio para los profesores, podrán venir a dar clases a los campamentos sin que la estancia les resulte muy dura. Hablaré con el equipo docente y fijaremos un calendario.

Isabella no pudo contener una sonrisa de oreja a oreja. Estaba encantada de haber podido ofrecer al menos una solución a los problemas de Adham.

–Mañana vendrán más jefes tribales a palacio. Estos son menos... modernos que los has conocido hasta ahora. No querrán que estés presente en nuestra reunión.

–Vaya –no se le ocurrió qué más decir.

–Siempre me he enorgullecido del legado de mi padre y el de Hassan y de su lucha por los derechos de las mujeres, pero esta gente... viven en lo más profundo del desierto y no cuentan con la tecnología ni las comodidades del mundo moderno.

–Entiendo –le dolía que la excluyera de aquel modo. Adham no le había dicho que no la quisiera en la reunión, pero tampoco le había dicho lo contrario. Era como si se estuviese valiendo de los jefes tribales para librarse de ella.

Si al menos supiera lo que estaba pensando, tal vez se sintiera más aliviada. Pero no podía saberlo. Era imposible leer la mente de Adham.

–Me gustaría conocer tus pensamientos –dijo en voz alta.

–No lo creo –replicó él con dureza.

–Sí, me gustaría. Dijiste que tenía que pedir lo que deseara, y lo que deseo es entenderte. Vamos a casarnos, y creo que sería de gran ayuda si al menos alcanzáramos un grado de entendimiento mutuo.

Adham frenó en seco en medio de la carretera y se giró hacia ella.

–Mis pensamientos te escandalizarían.

–A lo mejor me gusta escandalizarme.

–Creo que ya hemos provocado suficiente escándalo.

–Lo que pasó esa noche ya no puede cambiarse, Adham.

Él levantó la mano para tocarle la mejilla y ella se dio cuenta de que estaba temblando. La miraba fijamente a los ojos y tenía la mandíbula y los labios apretados. Le acarició la barbilla con el dedo pulgar y se inclinó hacia ella.

Fue un beso apasionado e intenso, pero breve, que la abrasó hasta lo más profundo del alma.

Adham se perdió en la suavidad de sus labios, en la

textura aterciopelada de su boca, en su sabor, en su olor... El corazón le latía enloquecidamente en un pecho demasiado pequeño para contenerlo, y el flujo sanguíneo se le concentraba por debajo del cinturón y le provocaba una dolorosa erección.

La deseaba. Se moría por arrancarle el vestido y devorar sus apetitosos pechos. Quería verla entera, tocarla entera, hundirse en su cuerpo y abandonar la agotadora lucha que mantenía con su propio deseo. Y lo haría si fuese cualquier otro hombre y no tuviera una enorme responsabilidad sobre los hombros. Dos naciones dependían de él y de sus actos. No podía permitirse la menor debilidad. No podía perder la cabeza. Tenía que ser fuerte y controlar sus pasiones para que estas no le hicieran olvidar quién era y cuál era su papel. Ya le habían hecho traicionar a su hermano, la única familia que le quedaba. Y si era capaz de traicionar a su familia, ¿qué le impediría hacer lo mismo con Isabella o con su país?

Tuvo que emplear toda su fuerza de voluntad para retirar la boca de la suya.

—Esto no volverá a pasar hasta después de la boda —declaró, satisfecho de haber establecido un plazo que ambos tendrían que respetar.

Isabella se recostó en el asiento y echó la cabeza hacia atrás, exponiendo la esbelta línea del cuello. El deseo volvió a apoderarse de Adham, pero lo sofocó sin piedad y se concentró exclusivamente en la carretera.

Era el jeque de Umarah. Tenía el control en sus manos y no cedería a la tentación. Isabella no era más que una de tantas y tantas mujeres que habían pasado por su vida. No iba a permitir que volviera a superar sus defensas.

Capítulo 11

A LA MAÑANA siguiente, en el desayuno, Adham se comportaba como un desconocido frío y silencioso mientras los sirvientes no paraban de moverse y de hablar a su alrededor. Isabella pensó que el bullicio se acabaría apagando. En el palacio de Turan no se respiraba un ambiente tan caótico. Claro que su padre, a menos que fuera una ocasión formal, no solía comer con la familia. Tal vez si lo hiciera habría más actividad en el comedor.

Se preguntó si Adham comería siempre con ella. Y con sus hijos. No había que olvidar que podía estar embarazada. Era poco probable, pero no imposible. Deseaba tener los hijos de Adham, pero aún no. Antes tenían que solucionar muchas otras cuestiones.

Adham pasaba de un extremo a otro con ella. O ardía de deseo o era frío como el hielo.

El servicio abandonó el comedor y se quedaron los dos solos. Isabella no soportaba aquellos incómodos silencios. Siempre había habido tensión entre ellos, pero al menos hasta entonces habían compartido alguna clase de relación. Ahora, en cambio, Adham volvía a levantar sus impenetrables defensas en torno a su alma.

—¿Quieres tener hijos? —le preguntó ella de sopetón.

—Necesito tener hijos. Son los herederos al trono.

—Pero ¿quieres tenerlos?

—¿Los quieres tú?

Isabella se planteó por vez primera la cuestión.

Hasta ese momento no se había imaginado como madre si sólo estuvieran ella y el hombre al que amaba. El único bebé al que había tenido en brazos era su sobrina, la hija de Max y Alison, una cosita perfecta y adorable. ¿Sería su bebé igual, una mezcla de ella y Adham?

—Sí —respondió con sinceridad—. Querría tenerlos aunque no estuviera en la posición que ahora ocupo.

Él no contestó y bajó la mirada a los documentos que tenía delante.

—Tú no, ¿verdad? —lo acució ella, sintiendo un desagradable peso en el estómago.

—No quiero una esposa. ¿Por qué habría de querer un hijo? —su voz era más fría y seca que nunca.

—Entonces, si tenemos un hijo... ¿no lo amarás?

—Le daré todo lo que tengo, Isabella. Ningún hijo mío será abandonado.

—Claro —murmuró ella—. Cumplirás con tu deber, como siempre haces.

—Al menos yo lo hago, no como muchos hombres.

—Pero ¿te parece suficiente que tu relación con tu padre se base exclusivamente en un sentimiento de obligación?

—Te estás precipitando un poco. Todavía no hay ningún hijo.

—Pero lo habrá, Adham. Vamos a formar una familia y tengo derecho a saber qué significará para ti.

Él guardó un largo silencio, apretando los puños como hacía siempre que luchaba por conservar el control.

—Me gustaría poder ofrecerte más.

—Podrías hacerlo, si quieres.

—No, Isabella. Hace mucho que no puedo. La vida me arrebató esa posibilidad, pero tú aún eres demasiado joven para entenderlo.

—Lo estás haciendo muy bien para hacérmelo entender –espetó ella amargamente, y se levantó para abandonar el comedor.

Quería salir corriendo a la soledad del desierto y ponerse a proferir obscenidades a pleno pulmón. ¿Por qué tenía que haber una distancia tan dolorosa entre ella y el hombre con quien iba a casarse? El único hombre al que había amado en su vida...

Era una cruel paradoja que en una sala llena de desconocidos pudiera hablar y reír con todos ellos menos con Adham. En su interior se libraba una batalla feroz, como reflejaba la tensión de su cuerpo cada vez que estaba cerca de ella. Isabella no sabía contra qué luchaba, y mucho menos quién saldría vencedor.

Pero ella no podía permanecer para siempre al margen. No podía resignarse a que aquel momento de conexión sublime en que Adham estuvo dentro de ella y los dos se fundieron en un solo cuerpo no fuera más que un recuerdo lejano.

Necesitaba algo más que eso de su matrimonio y de Adham. Casi todas las elecciones en su vida las habían tomado por ella, pero no iba a permitir que pasara lo mismo con la relación que tuviera con su futuro marido.

El palacio estaba en silencio cuando Isabella salió de su habitación aquella noche. El personal se había retirado horas antes y tampoco se veía a los guardias apostados en el exterior.

Una de las doncellas le había especificado dónde estaban los aposentos de Adham. Para la joven había sido toda una sorpresa que Isabella no supiera dónde dormía su futuro marido.

Se ajustó la bata como si fuera una coraza contra su piel desnuda. Debajo sólo llevaba el conjunto de lencería más diáfano de los que había comprado en París.

Abrió la puerta del dormitorio de Adham, entró y respiró hondo para intentar detener sus temblores. Lo único que temía era el rechazo.

–Adham...

Una voz ligeramente ronca y extremadamente sensual arrancó a Adham de su sueño. Se giró de costado y se quedó petrificado al verla allí, de pie en la puerta, con su cuerpo bañado en el pálido resplandor de la luna. La bata blanca parecía brillar con luz propia en la oscuridad, y Adham vio claramente cómo se desataba el cinturón y cómo la prenda caía a sus pies, dejándola prácticamente desnuda ante sus ojos.

Vio el débil contorno de la ropa interior y la sombra de los pezones y del vello púbico. El corazón se le aceleró y una erección empezó a crecer entre sus piernas. Y cuando ella avanzó hacia la cama, contoneándose eróticamente con sensualidad y elegancia, el cuerpo de Adham prendió en llamas.

–Bella...

–Adham... –la pronunciación de su nombre bastó para que su miembro diera una dolorosa sacudida–. Te necesito.

Él también la necesitaba. No sabía cómo había llegado a ese punto, pero de repente sentía una necesidad más fuerte que él mero deseo sexual.

–Lo que pasó entre nosotros... –murmuró ella–. Yo estaba equivocada. Ahora sé por qué no me has tocado desde entonces y entiendo que para ti fuese una traición. Toda la culpa fue mía... Pero eso ya pasó. Vamos a casarnos y a buscar un futuro mejor para nuestro pueblo. No podemos permitir que lo ocurrido aquella noche se interponga entre nosotros.

Se llevó la mano a la espalda y un segundo después el sujetador caía al suelo. Adham se agarró a las sábanas para no moverse de donde estaba. Quería contemplarla y que ella tomase la iniciativa. Era algo nuevo para él, pero había caído por completo bajo el hechizo de Isabella.

—Quiero que empecemos de nuevo —dijo ella. Se agarró los costados del tanga y tiró hacia abajo, dejándolo caer junto al sujetador. Su cuerpo desnudo, voluptuoso y exuberante, era la imagen más perfecta que Adham podía imaginar.

Isabella puso una rodilla en la cama y a continuación la otra, lejos del alcance de Adham pero lo bastante cerca para que pudiera aspirar su olor, único y especial. Agarró el borde de la sábana y tiró hacia ella hasta dejar a la vista la prueba de lo mucho que Adham la deseaba. Contempló la erección con ojos muy abiertos y labios entreabiertos.

—La primera vez no pude verte... —se movió hacia delante. Sus movimientos parecían más torpes e inseguros, pero a Adham le parecieron igualmente seductores.

Le rodeó la erección con la mano y emitió un pequeño ruidito. Adham no pudo ahogar el gemido que retumbó en su pecho. Las manos de Isabella eran increíblemente suaves, y parecía tan atrevida y tentadora que él temía no poder contenerse mucho tiempo.

Movió el pulgar a lo largo de su miembro. Sus movimientos carecían de práctica, pero precisamente por ello resultaban más eróticos.

—Esta vez... —empezó, pero se quedó sin voz unos momentos—. Esta vez quiero ser yo la que tenga el control.

Agachó la cabeza y le tocó la punta con la lengua. Adham agarró las sábanas con más fuerza y emitió un suspiro entre dientes. Debería detenerla antes de que fuera demasiado tarde. Tenía que hacerlo. Sin perder más tiempo.

—He querido hacer esto desde el principio —susurró

ella, y volvió a agacharse para hacerlo gozar con la boca. Su exploración se fue haciendo más y más osada mientras sus ruidos de placer se mezclaban con los de Adham.

–Bella... –murmuró cuando el primer temblor del orgasmo le sacudió el cuerpo–. Para. Detente. No puedo seguir conteniéndome...

Pero ella no se detuvo, y a él no le quedaba la voluntad suficiente para impedir que siguiera devorándolo. Entrelazó las manos en su pelo y se abandonó al calor húmedo que rodeaba su miembro erecto y palpitante y que lo empujaba imparablemente hacia el límite de su resistencia.

Isabella levantó la cabeza y cambió de postura para apoyar la cabeza en el estómago de Adham. Sus largos cabellos negros se derramaron sobre el torso mientras movía distraídamente la mano sobre los músculos del abdomen. Algunas zonas estaban cubiertas de cicatrices, pero a Isabella le parecía un cuerpo hermoso y lleno de vida. Sentía los latidos de Adham y el sudor que le empapaba la piel, una prueba palpable de lo mucho que había disfrutado con ella. Isabella se sintió como si acabara de conseguir una pequeña victoria. Por unos momentos había tenido el control, lo había hecho temblar de deseo y lo había empujado hasta la culminación del placer.

–Ven aquí –le ordenó él con voz ronca.

Ella se aupó para quedar a la altura de su rostro y él le agarró la barbilla, la besó en los labios e invirtió sus posturas para que fuese ella la que quedara tumbada de espaldas. Sus ojos despedían llamas de pasión, el pulso le latía frenéticamente en la base del cuello y su cuerpo volvía a estar duro.

–No puedes tener otra erección tan pronto –dijo ella–. He estudiado biología y sé algunas cosas...

Él se rió con malicia. Parecía más joven y desenfadado que nunca, y a Isabella se le llenaron los ojos de lágrimas a pesar de la excitación.

–Dame unos minutos –le dijo él–. Todavía no estoy del todo listo.

–Entonces ¿qué...? ¡Oh! –hundió la cabeza en la almohada cuando Adham le atrapó un pezón con la boca y empezó a succionar.

A los pocos segundos se apartó, le sopló la piel humedecida, haciendo que el pezón se endureciera dolorosamente, y bajó por la curva del pecho, las costillas, el vientre y el punto especialmente sensible justo debajo del ombligo. Le rozó el hueso de la cadera con los dientes y una pequeña punzada de dolor se mezcló con la ola de placer que rugía por sus venas, tan intensamente erótica que un orgasmo empezó a crecer entre sus piernas.

–Adham... –lo agarró por los hombros e intentó tirar de él hacia arriba para poder besarlo y que él la penetrara.

–Aún no, *amira* –dijo él. Le separó las piernas y la besó en la cara interna del muslo.

Ella se estremeció y se preparó para recibir el tacto de su boca en la parte más sensible de su cuerpo.

Cuando sintió el calor de su lengua en el clítoris se arqueó hacia él al tiempo que un grito brotaba de sus labios. ¿Sería lo mismo que había sentido Adham cuando ella le daba placer con la boca? Indefensa y temblorosa como si estuviera tambaleándose al borde de un precipicio, desesperada por la liberación definitiva.

–Por favor, Adham... –le rogó cuando el siguiente clímax empezaba a brotar en su interior.

Él le rodeó la cintura con los brazos y le dio la vuelta para colocársela encima, sentada a horcajadas. Le aferró las nalgas con sus grandes manos y la guió hacia el miembro enhiesto y preparado.

Isabella lo recibió en su interior con un suspiro de gozo. Esa vez no hubo dolor, tan sólo un placer tan profundo e intenso que parecía imposible que su cuerpo pudiera contenerlo. Se movieron a la par, respirando al mismo ritmo acelerado, llenando el aire con sus jadeos de éxtasis, y cuando alcanzaron la cima se lanzaron al vacío los dos juntos.

—Te quiero —las palabras brotaron de los labios de Isabella, directamente desde el corazón. No tenía intención de decirlas, pero tampoco quería tragárselas. Realmente lo amaba. Con todo su ser. Él la había convertido en la nueva mujer que era, no sólo por haberle hecho perder la virginidad, sino por enseñarle a pensar en los demás antes que en sí misma.

La había convertido en una mejor persona. Y aunque no la amara, ella nunca podría arrepentirse de amarlo. Era el hombre más fuerte, bueno y maravilloso que había conocido en su vida.

Isabella apoyó la cabeza en su pecho y apretó la mejilla contra los latidos de su corazón. Estaba saciada y sexualmente satisfecha, pero necesitaba saber si para él había significado algo y si había conseguido abrir un agujero en las murallas que lo rodeaban.

Lo miró a la cara y, por primera vez, vio una expresión desprotegida y confundida, y si hubiera sido cualquier otro hombre, habría creído que era una expresión temerosa.

Le puso la mano en la mejilla e intentó besarlo, pero él la abrazó y la apoyó otra vez en su pecho. Era un gesto aparentemente cariñoso... aunque sólo era su manera de recuperar el control y evitar la conversación.

Ella se lo permitió, y él no pareció darse cuenta de las lágrimas que caían sobre su piel desnuda. La rodeaba fuertemente con los brazos y ella tenía los pechos aplastados contra su torso, pero aun así había un abismo entre ellos.

Desesperada por lograr un acercamiento, le dio un beso en la cicatriz que dividía su pectoral. Él se puso automáticamente rígido.

—Creo que deberías volver a tu habitación, *amira*.

Su rostro volvía a estar enmascarado por una frialdad inexpresiva. ¿Cómo podía cambiar tan fácilmente de actitud? Ella estaba completamente aturdida, su mundo había dado un vuelco, y él parecía indiferente a todo.

Tal vez Adham tuviera razón al decir que no podía amar. Pero a ella le costaba creerlo. Era el mejor hombre que había conocido. Siempre se sacrificaba por los demás, incluso ahora que era el jeque de su país. Por desgracia, los traumas que había sufrido le habían hecho proteger su corazón de tal modo que nada ni nadie podría traspasar las barreras. Isabella quería ayudarlo a sanar sus heridas, pero él ni siquiera sabía que estaba herido.

—¿He hecho algo malo? —le preguntó mientras se incorporaba. No se molestó en cubrirse los pechos. No tenía sentido, pues ya le había entregado mucho más que su cuerpo desnudo.

—No quiero que nadie del servicio te encuentre aquí.

—A mí no me importa.

—Puede que el honor y la tradición no signifiquen nada para ti...

—Eso no es justo, Adham —se levantó de la cama, incapaz de permanecer junto a él si estaba tan furiosa—. Aquella noche no...

—Yo no he hablado de aquella noche.

—Pero de eso se trata. Siempre se trata de eso.

—Fuiste tú la que dijo que quería olvidarla, y sin embargo vuelves a sacar el tema cuando te resulta conveniente.

Isabella quería ponerse a gritar de frustración.

–Tal vez no sepa cómo manejar esto. Estoy muy confusa. Acabamos de... de compartir una experiencia increíble ¡y tú quieres que me vaya!

Un peligroso brillo destelló en los ojos de Adham.

–Márchate, Isabella.

–No puedes darme órdenes. Creía que ya lo sabías.

Adham se levantó de la cama, y tampoco él se molestó en cubrir su desnudez. La imagen de su cuerpo desnudo bastó para que Isabella se excitara de nuevo, a pesar de su enojo.

–Aún eres muy joven. Te lo tomas todo como algo personal. Lo que hago es proteger tu reputación. El pueblo espera que su princesa llegue virgen al matrimonio, y no voy a permitir que empiecen a correr rumores que puedan ser motivo de vergüenza. El personal de palacio estaría encantado de vender todo tipo de secretos a cambio de dinero.

–Pero vamos a casarnos. No es como...

–¿Como cuando nos acostábamos estando tú comprometida con mi hermano? No creas que nos hemos librado de ese tipo de rumores. Es uno de los motivos por los que nos hemos quedado aquí en vez de volver a Maljadeed. La prensa está al acecho de cualquier cotilleo. Hassan no ha ocultado que quiere casarse por amor, pero nuestra relación es una noticia muy jugosa. Por eso debo proteger tu reputación.

–Puede que no te necesite para proteger mi reputación –declaró ella.

–Te lo tomas todo muy a pecho, Bella. Eres demasiado apasionada.

–Todo lo contrario que tú.

Él se giró hacia la ventana, por donde entraba la luz de la luna.

—Es mejor así.

—No lo creo.

Agarró la bata del suelo y se la puso, muerta de vergüenza. Por alguna razón, vestirse delante de él le resultaba más violento que desnudarse. Quizá porque para ella había sido un acto de amor, mientras que para él no había sido más que una forma de satisfacer su libido.

—Una prueba más de lo ingenua que eres —dijo él.

—No soy ingenua, Adham. Gracias a ti.

Se dio la vuelta y salió de la habitación. Adham la vio marcharse con un nudo en el pecho. Isabella tenía razón. Él se estaba encargando de destruir su ingenuidad, acabando con todo lo que para ella era hermoso y envenenándola con su horrible visión de la vida.

Aquella idea le provocó en el pecho un dolor más ardiente e intenso de lo que recordaba haber sentido nunca. Su corazón llevaba tanto tiempo apagado que creía haber perdido la capacidad de sentir para el resto de su vida.

Pero Isabella... lo hacía sentir.

«Te quiero».

Era una declaración muy fácil de desestimar. Isabella era joven y él era su primer amante. Sin embargo, por inexperta que fuera, la pasión y convicción que despedían sus palabras lo habían golpeado en el centro del pecho.

A lo largo de su vida le habían disparado en múltiples ocasiones, pero ninguna bala lo había afectado tanto como las palabras de Isabella.

No quería sentir nada. No se podía confiar en los sentimientos. Su pueblo necesitaba un líder, alguien que gobernara con la cabeza y no con el corazón. Había visto cómo su madre perdía la vida al dejarse guiar por el corazón. A él no le pasaría lo mismo.

Ignoró el dolor que le traspasaba el pecho. No se permitiría ser débil. Ni ahora ni nunca.

Capítulo 12

EN LAS semanas previas a la boda Adham siempre parecía tener alguna razón para evitarla. Si no estaba ocupado con asuntos de estado, estaba dando ruedas de prensa o reuniéndose con líderes mundiales. Pero también ella estaba ocupada. Ser princesa en Umarah era muy distinto a serlo en Turan. En su país natal apenas tenía que mostrarse en público, pero en su nueva patria tenía una agenda tan apretada que apenas le quedaba tiempo para sí misma. Tenía que visitar un sinfín de hospitales y reunirse con el comité financiero para preparar las unidades médicas móviles para atender a la gente que vivía y trabajaba en el desierto. También se reunió con el consejo educativo y les expuso las necesidades de la tribu que había conocido. Era algo personal para ella. Se estaba haciendo su propio destino aunque su novio no quisiera tenerla a su lado.

De repente sólo quedaba un día para la boda, y toda la ciudad se preparaba para una celebración multitudinaria. Adham y ella habían regresado a Maljadeed aquella mañana. Él se había pasado todo el vuelo hablando por teléfono, haciendo todo lo posible por evitarla en la lujosa cabina de su avión privado.

¿Seguiría comportándose igual después de la boda? Isabella esperaba que no. Al fin y al cabo tenían que concebir un heredero, pues hasta el momento no se había quedado embarazada. Pero ella quería algo más que un hijo de Adham.

Lo quería a él, en cuerpo y alma, y lo echaba tanto de menos que apenas podía respirar. Pero Adham se mostraba tan distante y reservado que no había manera de llegar a él.

Desde la ventana de su dormitorio contempló las lámparas que estaban colocando en el jardín, creando un tapiz de luz sobre la exuberante vegetación. Era una imagen hermosamente exótica. Era, de hecho, la boda que ella habría elegido por sí misma. No sólo por la decoración, sino por el novio. Dejó a un lado la certeza de que Adham no la amaba ni deseaba y se imaginó al hombre de sus sueños esperándola en el altar para unirse como marido y mujer. Se aferró a aquella imagen y dejó que la realidad siguiera su camino.

Unos golpes en la puerta la hicieron volverse.

—Adelante.

El estómago le dio un vuelco cuando Adham entró en la habitación. Últimamente lo había visto tan poco que su cuerpo reaccionó al instante, aunque sabía que seguiría sintiendo lo mismo aunque no se hubiera separado de él en los dos últimos meses. Jamás podría cansarse de verlo. De su rostro lleno de cicatrices. De su valor. De su honor e integridad...

—No esperaba verte hasta mañana —le dijo ella con un nudo en la garganta.

—Tengo algo para ti —levantó la mano y le mostró el pequeño estuche azul con un tirador metálico en la tapa. Le recordó la puerta que había fotografiado en París. Levantó la tapa con el ceño fruncido y se quedó boquiabierta al ver el anillo rodeado de seda marfil.

Lo sacó del estuche y lo sostuvo en alto para que el sol de la tarde se reflejara en las joyas.

—Es perfecto...

Los ojos se le llenaron de lágrimas al examinar la sortija. El diseño de platino representaba la torre Eiffel, mientras que las gemas engarzadas junto al diamante en forma de perla eran del mismo color azul que el estuche y la puerta de París. Era más que un anillo. Era un fragmento del tiempo que había pasado con Adham. Una parte de su historia.

Y lo había recibido de él...

Se lo tendió a Adham con mano temblorosa.

—Pruébatelo, a ver si encaja —dijo él secamente.

Ella volvió a fruncir el ceño, pues había esperado que se lo pusiera él. No que se pusiera de rodillas ni nada por el estilo, pero sí al menos que le deslizara el anillo en el dedo.

Pero ni siquiera hizo eso. Se quedó donde estaba, mirándola con una expresión vacía.

Isabella se lo puso rápidamente y comprobó con alivio que encajaba a la perfección.

—Perfecto —volvió a decir, con una sonrisa más forzada.

—Hay también un anillo de bodas, pero ese lo recibirás mañana.

Ella asintió y se mordió el labio.

—Está bien.

Fue el turno de Adham para fruncir el ceño.

—Sigo sin hacerte feliz.

A Isabella le costó aún más sonreír.

—Sí, lo has hecho. Me encanta.

—Estás llorando.

Isabella se tocó la mejilla y la notó mojada.

—Es... —no podía decir nada sin parecer contrariada. Porque realmente se sentía contrariada. Había insistido en que el anillo tenía que ser personalizado, pero no bastaba con eso. Lo que ella quería era su amor, y eso jamás lo tendría.

Al ver el anillo había creído que todo era distinto. Pero cuando vio la expresión de Adham todas sus esperanzas se evaporaron como el agua en el desierto.

–Lloro porque es un anillo precioso –mintió. Ella también necesitaba protegerse.

–Me alegro que seas feliz.

–¿En serio?

–Me complace que estemos haciendo algo bueno para nuestros países.

Como declaración romántica sus palabras no ganarían ningún premio, desde luego.

«Te quiero».

Quería decírselo. Quería decirle a Adham cuánto significaba para ella. Pero no podía hacerlo. Ya se lo había dicho una vez, y como respuesta sólo recibió la misma indiferencia de siempre. Adham no se había enfadado ni la había rechazado; simplemente había ignorado la declaración. Isabella no podía volver a pasar por lo mismo.

–Te veré mañana –fue todo lo que dijo. Necesitaba que la dejara sola. No podía estar con él y no quería que la abrazara. No podía permanecer a su lado sin decirle lo mucho que lo amaba.

Él asintió.

–Hasta mañana.

Isabella estuvo a punto de decirlo. Y lo habría hecho si Adham no pareciera un condenado a muerte que marchaba a su ejecución. Esperó hasta que la puerta se cerró tras él y que las lágrimas se derramaran por sus mejillas.

–Te quiero.

El último de los invitados salió a la calle, donde continuaba la fiesta mientras el personal de palacio empezaba a recoger las mesas de la cena.

Todo el país mostraba su alegría por la boda de su alteza el jeque con la princesa. La familia de Isabella también había asistido al enlace. Fue maravilloso ver a Maximo y a Alison con su preciosa hijita. La relación con su hermano y su cuñada siempre había sido muy fácil y cordial, todo lo contrario que con sus padres. Pero incluso ellos estaban satisfechos. Seguramente porque el acuerdo estaba cumplido y ni siquiera ella podría echarlo ya a perder.

Y por supuesto que no lo echaría a perder. Isabella amaba su nueva patria, a su nuevo pueblo y a su nuevo marido. Su corazón estaba allí, al igual que su deber.

Adham había estado arrebatadoramente atractivo en la ceremonia. El novio más apuesto que ella hubiera visto jamás, vestido con una túnica blanca y pantalones de lino para combinar la moda oriental y occidental. Igual que el vestido color crema de Isabella, con intrincados abalorios de cobre y sin ceñirse demasiado a sus curvas. Ella misma había participado en el diseño del vestido, de lo cual se sentía muy agradecida, y se preguntaba si Adham había ordenado que la consultaran.

Cerró los ojos y recordó el momento en que se encontraron al final del pasillo. En los ojos de Adham volvía a arder ese deseo que había estado ausente en las últimas semanas. Y cuando la tomó de la mano y sus ojos se encontraron, una descarga eléctrica se transmitió entre sus cuerpos con tanta intensidad que a Isabella le extrañó que no acabaran los dos chamuscados.

En aquel momento la había invadido una deliciosa certeza. Pero aquella sensación volvió a apagarse al término de la ceremonia.

Ahora estaba en su habitación, esperando a su marido para su noche de bodas. Ni siquiera estaba segura de que fuera a verla. Adham había permanecido imperturbable durante toda la ceremonia, y gracias a las costumbres de Umarah, que no exigían que el novio y la

novia bailaran juntos, había evitado la compañía de Isabella hasta el final.

Una vez más deseó poder leer su mente y saber qué
escondía aquella máscara de hielo. Estaba segura de
que ocultaba unos sentimientos que nadie sospechaba.

Se sentó en la cama con el traje de novia extendido
a su alrededor. No se había cambiado porque a Adham
parecía gustarle mucho, pero empezaba a sentir calor e
incomodidad con el elaborado vestido.

Transcurrió otra hora hasta que se convenció de que
Adham no iba a presentarse.

Quería acurrucarse en la cama y llorar hasta quedarse sin lágrimas para que ni Adham ni nadie supiera
la angustia que sentía en aquel momento.

«La vida sería mucho más fácil si se pidieran las
cosas».

Adham tenía razón. Podía quedarse allí, ahogándose
en sus propias lágrimas, o podía ir en busca de lo que
quería. La Isabella que había huido de casa de su hermano se habría quedado llorando en su habitación. O
incluso se habría escapado de nuevo.

Pero la mujer en que se había convertido no haría ni
una cosa ni otra. Y Adham era en parte responsable de
su transformación, de manera que tendría que afrontar
las consecuencias.

Salió de la habitación y recorrió el pasillo, sin que
sus pies descalzos hicieran el menor ruido en el frío
suelo de mármol. Ya lo había hecho antes, pero en
aquella ocasión él había aceptado su cuerpo y había rechazado su amor.

Esa noche no iba a permitirle que volviera a hacerlo.

Abrió la puerta sin llamar y vio a Adham de pie junto
a la ventana, desnudo de cintura para arriba y con los
pantalones de lino colgando holgadamente de las cade-

ras. La gloriosa imagen de su perfecta musculatura prendió la llama del deseo en Isabella.

Sacudió la cabeza con decisión. Ya habría tiempo para eso más tarde.

—Hola —no se le ocurrió qué otra cosa decir.

La brisa entraba por la ventana abierta y agitaba los negros cabellos de Adham. Isabella se estremecía de amor al verlo.

Hasta ese momento sólo había pensado en protegerse a sí misma, pero al ver su expresión inmutable supo que no podía seguir haciéndolo si quería que Adham se abriese a ella algún día. Para ello tenía que estar dispuesta a abrirse ella antes y entregarle su corazón, arriesgándose a perderlo para siempre.

—Adham... Te quiero.

Él dio un pequeño respingo.

—Bella...

—No, no me digas que no sé lo que estoy diciendo, porque sí lo sé.

—Bella, no es esto lo que quiero de ti.

—No importa. Es la verdad. Te quiero. Te quiero porque eres el hombre más bueno y honorable que he conocido. Porque me has enseñado lo que realmente importa en la vida. Porque me llevaste de compras a Printemps y me sacaste una foto delante de la torre Eiffel.

—No me conoces —murmuró él.

—Sí te conozco.

Adham se apartó de la ventana y caminó hacia ella, pero se detuvo cuanto la tuvo al alcance de sus manos.

—No me hagas ser un romántico, Isabella. He matado a muchos hombres. Mis manos están manchadas de sangre.

Ella le agarró la mano y le pasó los dedos por la palma.

–No la veo.

–Créetelo.

Isabella se llevó la mano a la boca para besarla.

–Lo que creo es que tus manos han sido muy buenas conmigo.

Un atisbo de dolor cruzó fugazmente su rostro.

–No sigas –le dijo con voz ahogada.

–Estoy siendo sincera contigo porque creo que es importante. Te quiero, Adham.

–Entonces yo también seré sincero contigo... No quiero que me ames.

Era lo último que Isabella se esperaba oír.

–No me lo creo. ¿Qué me dices de esto? –le mostró la mano con el precioso anillo de bodas–. Esto significa algo. Tiene que significar algo.

Él negó con la cabeza y tragó saliva.

–Es sólo un anillo.

–Para mí es algo más. Te quiero. No puedes matar el amor que siento por ti. No puedes impedir que lo sienta –el corazón le latía desbocado, espoleado por una lucha de sentimientos adversos–. Me enseñaste a ser fuerte. Me enseñaste la importancia del honor y del deber. Y aunque no fuera tu intención, me enseñaste también a amar y desear. Por eso tienes que aceptar lo que ahora soy, porque tú me has hecho así. No voy a dejar de quererte, Adham, por mucho que odies no tener el control sobre mis sentimientos.

–Márchate, Isabella.

–¿Qué?

–Que te vayas. No quiero tu amor. No te deseo.

Isabella sintió que se le detenía el corazón.

–Pero...

Y fue entonces cuando vio el miedo en los ojos de Adham bin Sudar. Su valeroso marido, el intrépido guerrero, tenía miedo de ella y de lo que sentía por él.

Isabella recordó lo que le había contado de su madre, cuyo amor por su marido fue la causa de su muerte. Para Adham nada era más peligroso que la debilidad.

–Tienes miedo, Adham. Tienes miedo de lo que no puedes controlar, y sabes que no puedes dominar una emoción tan fuerte como el amor. Crees que eso te hace débil, pero no es así. Mi amor por ti es lo que me hace más fuerte, porque no tengo miedo de lo que siento por muy doloroso que sea.

Agachó la cabeza y se dio la vuelta para alejarse, sintiendo cómo el corazón se le rompía lentamente en mil pedazos.

–¿Adónde vas? –le preguntó él cuando llegó a la puerta.

–Si no quieres que esté aquí, no me quedaré –cerró la puerta tras ella y volvió a su habitación.

Adham corría por la arena del desierto bajo el aire frío y seco de la noche. Buscaba desesperadamente un estado de agotamiento físico y mental que le permitiera borrar los últimos momentos de su vida.

Isabella le había dicho que él no podría conseguir que dejara de amarlo, pero Adham estaba seguro de lo contrario. En el pecho llevaba grabado el dolor que vio en sus ojos antes de que se retirara. Se había llevado el corazón de Adham con ella, aunque él sospechaba que se lo había robado mucho antes.

La había herido. Le había dicho que el anillo no significaba nada, cuando en realidad lo significaba todo. Adham había trabajado con el joyero para diseñar la alianza perfecta. Había puesto en ella todo lo que sentía con la esperanza de librarse de los recuerdos y emociones, pero lo único que había conseguido era que sus sentimientos se hicieran más fuertes.

Se detuvo y se dobló por la cintura para recuperar el aliento. No sabía cuánto tiempo llevaba corriendo, pero de nada le servía para huir de la realidad. Fuera a donde fuera, seguía viendo a Isabella. Era una parte de él, y lo que sentía por ella era lo más poderoso que recordaba haber sentido en su vida. Y ella tenía razón al decir que tenía miedo. Estaba aterrorizado.

Se había enfrentado a hombres armados hasta los dientes, le habían disparado y torturado, se había visto obligado a tomar decisiones de vida o muerte... y sin embargo nada le resultaba peor que dejar que una persona significase tanto para él.

Perder a sus padres había sido traumático, y de no haber sido por Hassan y por la obligación de proteger a su país no sabía si hubiera sobrevivido.

¿Qué pasaría si perdía a Isabella? ¿Sabía acaso cómo responder a su amor? Se había pasado toda su vida cumpliendo con el deber y el honor para no enfrentarse a las relaciones personales, y después de tantos años no sabía cómo volver a abrirse.

Isabella no se merecía algo así. Ella se merecía un hombre mejor que él. Un hombre que nunca hubiera tenido que elegir entre su vida y la vida de otra persona. Un hombre al que la tragedia no hubiese marcado por dentro y por fuera. Ella era preciosa. Pura y perfecta. La vida aún no la había corrompido, pero si se quedaba con él...

Oyó el rotor de un helicóptero sobre su cabeza, volando en dirección a la ciudad.

Bella...

¿Y si se había marchado? Él no pretendía que se fuera, pero se lo había dicho. Con ello le había causado un daño terrible. Y si ella le hacía caso y se marchaba... Si lo abandonaba...

Soltó un rugido de desesperación y echó a correr hacia el palacio como si el diablo le pisara los talones. El nombre de Isabella resonaba en su cabeza al mismo ritmo que sus frenéticas pisadas.

No podía perderla.

Cada latido de su desbocado corazón abría una brecha en el muro que siempre lo había protegido, hasta que fue derribado por completo y dejó a Adham expuesto y vulnerable a las sensaciones del mundo exterior.

Lo primero que sintió fue un dolor terrible acompañado de una sobrecogedora sensación de pérdida. Pero entonces sintió algo más... Una emoción que desbordó su corazón y se propagó de manera incontenible por todo su ser.

Al llegar a palacio introdujo el código de seguridad en el panel y entró por la puerta trasera. Atravesó corriendo el jardín y se dirigió hacia la habitación de Isabella.

Estaba vacía, con la cama hecha y un pequeño objeto oscuro en el centro de la colcha. Era el estuche del anillo. Y dentro estaban las dos alianzas.

La desesperación se apoderó de él. Después de muchos esfuerzos por librarse de ella, y cuando finalmente se había dado cuenta de que la necesitaba en su vida, había conseguido apartarla de su lado.

Necesitaba a Bella. Su preciosa Bella. Su mujer. Ella le había enseñado a ver el mundo con otros ojos. Con ella todo volvía a ser hermoso. Con ella volvía a tener esperanza y a ver el bien donde antes sólo veía el mal.

Isabella le había dicho que él la había ayudado a convertirse en la mujer que era, pero era ella quien lo había ayudado a encontrar la redención que tanto necesitaba.

Y al final la había perdido.

Agarró el estuche y salió al jardín. Estaba amaneciendo, los rayos de sol se reflejaban en las paredes de palacio y una ligera niebla se elevaba del estanque. Adham se puso a vagar por la orilla, caminando sin rumbo fijo por primera vez desde que podía recordar. El dolor en el pecho era insoportable. Pero al menos podía sentirlo.

Y entonces la vio, sentada en un banco en medio de la neblina, con las manos en el regazo y las mejillas humedecidas por las lágrimas. La luz rosada creaba un resplandor angelical en torno a su dulce rostro. Era su esposa. Su amor...

La amaba.

El descubrimiento lo aturdió de tal manera que casi lo hizo caer de rodillas.

Caminó hacia ella, y entonces se puso realmente de rodillas, dejó el estuche en el banco de piedra y agarró las pequeñas y suaves manos de su amada esposa.

—Bella —dijo a través del nudo que le comprimía la garganta—. Creí que me habías abandonado.

Ella se mordió el labio para ahogar un sollozo y negó con la cabeza.

—No. Te dije que no te abandonaría.

—Pero yo te dije que... No debí decirte que no te deseaba, Bella. No era cierto —se llevó sus manos a los labios antes de seguir hablando—. Tenías razón... Tenía miedo. Pero contigo he aprendido que el amor no es una debilidad. El amor nos hace más fuertes. Mi madre fue valiente e hizo lo que sentía que debía hacer. Yo nunca lo entendí... hasta ahora. El amor está por encima de la razón y el deber. Tú me has hecho descubrirlo. Eres más fuerte que yo, Bella.

Ella soltó una risita temblorosa.

—No lo soy. Soy un desastre.

—Tu fuerza es mi inspiración —dijo él, acariciándole la mejilla—. Me siento como si volviera a estar vivo por primera vez desde la muerte de mis padres. Con ellos murió una gran parte de mí. Pero ahora es como si... volviera a ver la vida en color después de haber vivido en blanco y negro. Te quiero, princesa Isabella Rossi al bin Sudar.

Ella volvió a reírse.

—Parece un trabalenguas.

—Puede, pero me encanta decirlo.

—Te quiero, Adham. Y no te imaginas cuánto me alegro de no haber mirado por la mirilla cuando llamaste a la puerta de mi habitación en aquel hotel de París.

—Yo también me alegro —dijo él, riendo, y se inclinó para besarla en los labios. Al retirarse, ella le acarició la mejilla para secarle las lágrimas de las que Adham ni siquiera se había percatado—. Te quiero —volvió a susurrarle. Después de habérselo dicho por primera vez, y de saber que era cierto, jamás dejaría de decírselo—. Quiero que sepas que aunque no hubiera un acuerdo internacional por medio, seguirías siendo mi mujer. Sin ti nunca estaría completo. Tú eres mi otra mitad, y no podría dejar que te casaras con otro hombre.

Los ojos de Isabella se abrieron como platos.

—¿Aunque tuvieras que faltar a tu deber?

—Aun así. No hay un deber mayor que el amor que siento por ti.

Bianca

El deber hacia su reino le impedía dejarse llevar
por la pasión…

Francesca se quedó sorprendida cuando Zahid al Hakam, un amigo de la familia, apareció en la puerta de su casa. Después de todo, ahora era el jeque de Khayarzah y debía de estar acostumbrado a moverse en otros ambientes. Seguía tan atractivo como siempre y ella se sintió tentada a aceptar su invitación de ir a trabajar con él a su país.

Zahid descubrió que la desgarbada adolescente que él conoció se había convertido en toda una belleza. ¿Sería justo tener una aventura secreta con ella?

El rey de las arenas

Sharon Kendrick

Acepte 2 de nuestras mejores novelas de amor GRATIS

¡Y reciba un regalo sorpresa!

Oferta especial de tiempo limitado

Rellene el cupón y envíelo a
Harlequin Reader Service®
3010 Walden Ave.
P.O. Box 1867
Buffalo, N.Y. 14240-1867

¡Sí! Por favor, envíenme 2 novelas de amor de Harlequin (1 Bianca® y 1 Deseo®) gratis, más el regalo sorpresa. Luego remítanme 4 novelas nuevas todos los meses, las cuales recibiré mucho antes de que aparezcan en librerías, y factúrenme al bajo precio de $3,24 cada una, más $0,25 por envío e impuesto de ventas, si corresponde*. Este es el precio total, y es un ahorro de casi el 20% sobre el precio de portada. !Una oferta excelente! Entiendo que el hecho de aceptar estos libros y el regalo no me obliga en forma alguna a la compra de libros adicionales. Y también que puedo devolver cualquier envío y cancelar en cualquier momento. Aún si decido no comprar ningún otro libro de Harlequin, los 2 libros gratis y el regalo sorpresa son míos para siempre.

416 LBN DU7N

Nombre y apellido	(Por favor, letra de molde)	
Dirección	Apartamento No.	
Ciudad	Estado	Zona postal

Esta oferta se limita a un pedido por hogar y no está disponible para los subscriptores actuales de Deseo® y Bianca®.
*Los términos y precios quedan sujetos a cambios sin aviso previo.
Impuestos de ventas aplican en N.Y.

SPN-03   ©2003 Harlequin Enterprises Limited

Deseo™

¿Sólo negocios?

CAT SCHIELD

Emma Montgomery no permitiría que su padre le concertara un matrimonio como parte de un trato de negocios... aunque le negara el acceso a su fondo fiduciario hasta que ella accediera. Desafortunadamente, su supuesto prometido, el inconformista hombre de negocios Nathan Case, un antiguo amor, se lo estaba poniendo difícil. Cada vez que la tocaba estaba a punto de traicionarse a sí misma. Resistirse a Nathan y recuperar su dinero eran los objetivos del juego... ¡pero tratar con ese millonario podría llevarla directamente a sus brazos!

Estaba jugando con fuego

Bianca

*No era tan inmune a sus encantos masculinos
como fingía ser*

Toni George necesitaba un trabajo para pagar las deudas de juego que su difunto marido había acumulado en secreto. Con dos gemelas pequeñas que alimentar, no tuvo más remedio que aceptar un trabajo con Steel Landry, un famoso rompecorazones.

Steel se sintió intrigado y algo más que atraído por la bella Toni, aunque sabía que estaba fuera de su alcance...

Harlequin — Bianca

Deuda del corazón
Helen Brooks

Deuda del corazón

Helen Brooks